Seelenruhig

Diese Ausgabe wurde von der slowenischen
Buchagentur ermöglicht

JAK SLOVENIAN BOOK AGENCY

2. Auflage

Die Originalausgabe erschien 2015 unter dem Titel
»Mirne duše« beim Verlag Litera, Maribor

Umschlaggestaltung: BoutiqueBrutal.com
Druck und Bindung: CPI books GmbH, Leck
ISBN 978-3-99027-099-8

FLORJAN LIPUŠ

Seelenruhig

Erzählung

aus dem Slowenischen von Johann Strutz
mit einem Nachwort von Fabjan Hafner

JUNG
UND
JUNG

Den Tag über füllte sich der Körper mit Licht, es drang ins Gewebe und sammelte sich in den Vertiefungen der Haut. Das Licht, etwas Unsichtbares, und ein Körper, der ihm die Mauer macht! Wenn er sich in der Nacht, gegen Morgen, im Bett umdrehte und die Augen öffnete, stoben Funken aus den Fingernägeln, kurze, kleine Blitze jagten mit kaum hörbarem Pfeifen und Zischen aus den Hautgrübchen, ähnlich dem verzerrten Gesang einer Zikade, wenn sie erstmals ihre Stimmplättchen erprobt. Kaum hatten sich die Blitze gezeigt und das verschlafene Auge die Blitzerei wahrgenommen, war es damit auch schon vorbei, und an der Kopfseite und rundherum alles wieder finster. Kein Rauch nach den Funken, von den Blitzen keine Spur mehr. Auch geblendet hatte es ihn nicht, wie sonst, wenn ein Blitz aus den Wolken aus großer Nähe aufs Auge trifft. In meinem Bett blitzt es, dachte er, als er sich aus dem Halbschlaf wälzte. Schlagartig wurde ihm klar, daß er an einem schon lange unterbrochenen Strom anknüpfte, der jetzt wieder zum Leben erwachte. Zuerst war er unsicher, ob er in Sorge sein sollte oder nur überrascht und freudig ergriffen. Daß es kein Traum war, daran zweifelte er nicht im Geringsten, obwohl er noch nie einen vernünftigen Traum gehabt hatte. Ein Traum war es nicht, ein Traum konnte es schon deshalb nicht gewesen sein, weil Träume ihn immer bedrückt hatten; diese kleinen Blitze aber hatten ihn aufgepeitscht bis zur Anstößigkeit, er war sogleich bei sich und guter Laune, er wußte, die Nacht würde schwungvoll enden und der Tag üppig beginnen. Aus seinen Fingern, vielleicht auch aus den Handflächen oder aus den Nägeln, fuhren

Blitze, daran gab es keinen Zweifel, aber ein Unbehagen, eine Unklarheit blieb zurück. War er aufgewacht, weil es aus den Fingern geblitzt und das Licht den Schlaf unterbrochen hatte? Oder hatte es von den Fingern geblitzt, weil er aufgewacht war?

Diese paar kleinen Blitze, ungewöhnlich kurz, aber jedenfalls zu lange, um sie verheimlichen zu können, und beunruhigend genug, um den Schlaf zu vertreiben, hatten sich in der darauffolgenden Zeit schon einige Tage im Voraus angekündigt, es hatte unter den Nägeln gezuckt, ohne zu jucken, worauf eine unsichtbare Feder ausgelöst wurde. Die kleinen Blitze fielen nicht einfach so vom Himmel wie Äpfel und Birnen, und man konnte sie nicht aus den Wolken kratzen oder vom erstbesten Strauch pflücken. Wenn es ein nebliger Tag war oder wenn es regnete, gab es keine Fingerblitze. Auch nicht, wenn er die Hände zwischen den Beinen vergrub, indem er das Skrotum umfaßte und lockerte, sie zwischen die Schenkel oder an einen anderen warmen Ort unter der Decke steckte. Es blitzte immer nur dann, wenn die Hand in Kopfnähe lag, dicht vor den Augen. Aus dem Hellen blitzte es, aus der Überfülle des in seiner Haut gespeicherten Lichts. Manchmal war er sich nicht sicher, ob es geblitzt hatte oder es sich vielleicht nur angeschickt hatte zu blitzen, oder ob die Blitze doch noch losgehen und aus dem Versteck hervorschießen wollten, unter der Fingernageldeckung herauskippen, es sich aber anders überlegt hatten. Das waren keine Donnerblitze, sondern lautlose Lichtexplosionen, die so gut wie keine Helligkeit hervorbrachten, es war eine in stumme Fäden verwandelte Elektrizität. Ähnlich dem Trommelklang, wenn der Trommler den Schlegel gegen die Membran schwingt und ihn knapp davor fast zum Stehen bringt, weil er rechtzeitig bemerkt, daß er sich in den Noten geirrt hat, sodaß der Schlegel im Schwung die Trommel nur zart berührt und gerade noch einen Ton aus ihr heraustrommelt, wobei es sich nur um einen Notenfehler, nicht aber um einen Nagelfehler gehandelt haben kann. Man könnte nicht behaupten, daß es um etwas Größeres ging, es zogen sich nur einige kurze helle Linien von rechts nach links, die gerade noch aus dem Trommelschlegelkopf zischten und dabei auch schon erloschen. Kurzatmige Blitzchen von demütiger, unschuldiger Natur und niedriger Spannung waren zu sehen, aber sie waren unspürbar, kein Zittern lief durch die Finger, kein Stoß ging durch die Hand, kein Brennen war in den Augen, im Gegenteil, es war ihm angenehm, es tat dem Körper gut, er fühlte sich erleichtert. Und viel von dem Blitzen mußte unbemerkt ins Leere gegangen sein, ohne daß er eine Ahnung hatte, wie viel es war, immer dann, wenn er grottentief schlief. Sein Tiefschlaf verschluckte das Blitzen, und es war ihm leid, weil ihm etwas so Eigenes unwissentlich und unwillentlich verloren ging. Wenn sich nur nicht im Tiefschlaf mehrere Salven auf einmal lösen, und er schlafend und schnarchend den ganzen Sturm versäumt!

In der Kindheit war das nie vorgekommen, es passiert ihm jetzt, wenn ihm der Speichel aus dem Mund trieft und die Dinge ihm nur so aus den Händen zu gleiten beginnen. Grundlos rennt er gegen einen Pfeiler, er runzelt die Stirn, vergißt, die Füße zu heben, und stolpert über den Teppich. Seine reifen Jahre waren zu ernst gewesen und zu sehr auf die alltäglichen Erfordernisse ausgerichtet, zu sehr in Beschlag genommen von anderen, sonstigen Bedürfnissen, als daß er sich lang bei so kurzlebigen, blitzartigen Ereignissen aufgehalten hätte. Das Blitzen kam in Wellen, wie Hunger und Durst, wie der Geschlechtstrieb, wie Krankheiten, nur daß alles seinen eigenen Rhythmus hatte und auf den Einzelnen abgestimmt war. Er war ohne eine Stütze und nur seinem Einfallsreichtum überlassen, denn er kannte niemanden, dem es aus den Fingern oder aus irgendwelchen anderen Körperteilen geblitzt hätte, und schon gar nicht jemanden, der von so einem Menschen auch nur gehört hätte. Noch nie hatte er davon reden gehört, möglicherweise verheimlichen alle nur, daß es aus ihnen blitzt, und wollen kein Gloria über das Blitzen anstimmen, weil ein Phänomen wie dieses nur den bösen Verdacht wecken könnte, als wären solche Leute zu spät aus dem Backofen gezogen worden und hätte ihre Rinde Schaden genommen. Wenn alle über das Blitzen Stillschweigen bewahren, wird auch er es tun. Und wirklich hängte er es nicht an die große Glocke.

Unterdessen quälte ihn manchmal doch die Neugier, woher sein Blitzen wohl kommen mochte. Zwar fluchte auch der Vater, wenn ihm die Arbeit nicht recht von der Hand ging, daß es zwischen den Bäumen aufblitzte und man befürchten mußte, die Reiser würden Feuer fangen, wahrscheinlich kam der Blitz aber nur vom Aufzucken der Fällaxt, die in den Stamm fuhr. Wenn ihm selbst später von irgendwoher ein Teufel hineinfuchste, als er seine Hirtenjahre schimpfend hinter sich brachte und über das eigensinnige Vieh fluchte, weil ihm ein Ochs von der Kette abkam, stieß tatsächlich auch er unvergeßliche Flüche aus. Oder wenn ihm zur falschen Zeit und am falschen Ort etwas ganz Vermaledeites widerfuhr und er unwirsch und zornig war, dann erboste auch er sich, manchmal laut, manchmal still, nie aber blitzte es hernach auf. Von einem Blitz weder Strich noch Punkt! Väterlicherseits hatte er nichts mitbekommen, das Blitzen musste wohl von woanders herrühren, es hatte nichts mit seinen ersten Erfahrungen zu tun, mit den ursprünglichen, ungehobelten Gewohnheiten der Erwachsenen. Hatten ihm die Augen etwas vorgegaukelt und ihn abgelenkt? Auch in den reifen Jahren hatte es nachts hin und wieder aus den Fingern geblitzt, aber das hatte er seelenruhig von sich gewiesen. Angesichts seiner Existenzsorgen lag ihm nichts daran, sich damit abzugeben. Gleichgültig gegenüber diesem Wetterleuchten aber war er nie.

Das erste Mal blitzte es bei ihm zu einer Zeit auf, als seine Lebenssäfte anstiegen und seinen Leib kräftiger zu durchströmen begannen. Damals hatte es das Blut in seinen Adern sehr eilig, es nahm sich aber stets genug Zeit, um anzuhalten und fast zu lange in den Schwellungen zu verharren, in den erwachenden, begehrlichen Teilen des Körpers. Als er sie erblickt hatte, die Langwangige, die mit den hohen Backenknochen, blitzte es vor seinen Augen. Damals wußte er noch nicht, daß es aus seinen Fingernägeln blitzte, er erinnert sich ja auch nicht und es war seine letzte Sorge, wo sich in diesem Moment seine Hände befanden. Auch hatte es ihn nicht überrascht, schon gar nicht in Staunen versetzt, daß es bei Sonnenschein und aus heiterem Himmel blitzte. Später, als schon alles vorbei war, konnte er sich nicht einmal daran erinnern, ob es gedonnert hatte oder nicht, wenn es blitzte. In jenem Moment war es für ihn die gewöhnlichste, völlig unverdächtige, natürlichste Sache auf der Welt, daß es aus dem Heiteren blitzte. Sie war aus der Kirche gekommen und ging in Richtung Haus, in einem blauen Kleid, am hellen Tag, auf einem ziemlich abschüssigen, glatten Terrain, das beim Gehen, um nicht zu stolpern, eine bestimmte Körperhaltung verlangte, ein vorsichtiges Aufsetzen der Füße. Den Körper stark zurückgeneigt, möglichst nahe am Boden, jeden Moment darauf gefaßt, den Sturz auf den Rücken zu mildern, falls es dazu käme. Ein Sturz auf die Nase wäre hier nach menschlichem Ermessen ein Ding der Unmöglichkeit gewesen, ein Wunder von Ungeschicklichkeit, und hätte zweifellos den Verdacht auf fallsüchtige Seligkeit erregt, wenn nicht gar bereits die ersten Maßnahmen zu deren Bekanntmachung ausgelöst. Alles, was sich in Kirchennähe an Ungewöhnlichem ereignet, ereignet sich auch schon auf kirchlichem Boden und wird darher gern ins Heilige, Heiligmäßige gekehrt, schließlich sind außergewöhnliche Zeichen rar und kostbar, und letztlich ist selbst die verheißene Seligkeit ungewiß, weil alle Heilspläne durch die Schlechtigkeit der Menschen vereitelt werden. Auch Anfälle von Gläubigkeit greifen nicht immer und überall, auch sie garantieren nicht, daß ihre Stifter sich verläßlich unter die Seligen einreihen werden. Ihre Schritte auf diesem Gefälle zeigten und betonten die Geschmeidigkeit ihrer Gestalt, seine Augen folgten ihren Bewegungen, bis sie um eine Ecke entschwand. Sogar im Sommer glitt man auf diesem abschüssigen, rutschigen Boden aus, wahre Fallen für die Ungeschicklichkeit, im Winter aber krochen die Menschen nur noch dahin und klammerten sich aneinander, um mit heilen Gliedern den ebenen Boden zu erreichen und bis zum nächsten Sonntag gesund und munter zu bleiben. Beim Gehen, als sich an ihrem Kleid die Rundungen ihres Körpers zeigten und abzeichneten, begann es zu blitzen. Wenn er daran denkt, wie sich sein Körper von einem Augenblick zum anderen verausgabte und bewegungslos, wie an den Boden gefesselt dastand, hatte es allen Anschein, als hätte er nicht einen armseligen Blitz, sondern eine ganze Salve nach ihr abgefeuert.

In jener Nacht konnte er nicht schlafen, und in den darauffolgenden Nächten war es noch schlimmer, tagsüber um nichts besser, weil ihn die Mitschüler auslachten und auf Ehrenwort schwören ließen. Manch Böses mußte er sich anhören. Die Freude der anderen, wenn sie sich billig einen Spaß machten, stimmte ihn traurig. Das wohlfeile Vergnügen war nicht das Seine, für ein niedriges Vergnügen gab er keinen Groschen, es war für ihn nichts Halbes und nichts Ganzes. Ihn überkam und erfüllte die höhere, erhabene Freude, ordentlich hatte es ihn erwischt, ihn, der eine strenge Hand gewohnt war und sich nun in einer honigsüßen Falle gefangen sah. Nach diesen Momenten, wenn er wieder wach wurde, nachdem der Schlaf ihn doch überwältigt hatte, nahm er zum ersten Mal wahr, wie es aus seinen Fingern herausblitzte. Ein längliches Flämmchen schoß aus seinem Nagelbett in Richtung der Fingerbeere und erlosch; womöglich gar eines von jenen, die noch von der Langwangigen geblieben waren! Er erinnert sich, daß er darüber augenblicklich sehr erstaunt war, sofort hellwach und voll bei Sinnen. Zur täglichen Gewohnheit wurde ihm das Blitzen erst mit der Zeit. In jener ersten Nacht war er aufgestanden und hatte bei Licht lange die Finger betrachtet, aber es war nichts Besonderes zu sehen. Für alle Fälle wusch er sich die Hände, damit an ihnen nicht irgendwelche Reste schädlichen Abfalls haften blieben, Spuren giftigen Staubs oder geronnenen Schleims, denn zwischendurch hatte er sich manchmal in den Ärmel geschnäuzt oder etwas Schmutziges berührt und war dann wieder unter die Decke gekrochen. Wenn er nachher im Dunkeln die Augen öffnete und die Finger ganz in der Nähe waren, schossen die Blitze aus ihnen hervor. Bei Licht gab es keine Blitze, und wenn doch, so blieben sie unsichtbar und unterschieden sich in nichts vom Tageslicht.

Die Blitze, die über die Fingerballen flitzten und um die Fingerbeere züngelten, wurden ein Teil von ihm, sein Merkmal und Charakteristikum, wie jeder Mensch seine Eigenheiten hat, obwohl er sie im Alltag nicht immer wahrnimmt, aber auch nicht vergißt. Wenn er ausgeschlafen sein mußte, öffnete er beim Erwachen die Augen absichtlich nicht, denn das frühmorgendliche Blitzen rief in ihm stets Unbehagen und Unwillen hervor. Mit geschlossenen Augen kleidete er sich an, rieb sich die Finger am rauhen Gewand, um ihre aufgestachelte, zum Blitzen bereite Oberfläche ab- und freizukratzen, ihr die Ladung und Sprengkraft zu nehmen. Aber noch dann zwinkerte er vorsichtshalber ein paarmal, bevor er die Augen ganz öffnete. Die Zeit um den Altschein des Mondes war die sicherste Zeit, dann blieb das Blitzen aus. Dazwischen gab es Jahre, in denen sich die Blitze ganz zurückgezogen hatten, sich im juckenden Pulsieren der Adern verbargen, im Wallen des Bluts, und sich manchmal nur lockerten, ohne loszugehen, lange Zeit still in den Fingern ruhten.

Unterdessen schien es, und er fand sich damit ab, daß aus den alten, bereits krumm gewordenen Fingern keine Blitze mehr kommen würden. Er ordnete sie jenen Dingen zu, die ihre Zeit und Dauer haben, kommen und gehen, und trotzdem sollte er ihre Wiederkehr noch erleben. Wenn er ihnen auch nicht nachtrauerte, so bedauerte er es doch, denn sie waren verbunden mit den Erinnerungen an die schöne Jochbeinige. Was kümmerte es ihn schon, wenn sich die Natur zum Zeitvertreib nur über ihn lustig machte! Stärker traf es ihn, daß es bis in seine alten Tage unklar bleiben sollte, wo das Blitzen hergekommen war. Sammelt sich das Feuer beim Schreiben und Lesen an, beim Umblättern der Seiten, bei der Reibung eines Stoffs an einem anderen Stoff oder beim Umstellen der Bücher? Treibt die Handarbeit es in die Fingernägel, die Bewegung der Finger, ihr Zupacken und Nachlassen, ihr kräftiges Arbeiten, oder liegt der Schlüssel zu den Blitzen im Streicheln, Scheuern,

Schrubben? Ist das Blitzen eine Folge des Starrens auf das Papier, des angestrengten Blicks in Bücher und Zeitschriften? Die Finger des Schreibenden, wenn sie die Seiten umblättern und über das trockene Papier gleiten, werden durch die Reibung elektrisch, und so verwundert es nicht, daß sich das Blitzen in den Fingernägeln, ihrem Absprungbrett, auflädt. Der Leser, der nur Leser ist, spürt dieses Brausen nicht, weil er sich die Finger einspeichelt. Die analphabetischen Finger des Lesers durchweichen das dürre Wortholz, überfluten das Buchstabengebilde, ertränken jedes Fünkchen. Die Sprache ist nicht nur eine Botschaft, sondern auch eine Handlung, ein Tun. Wenn wir uns der Sprache bedienen, enthüllen wir mit ihr unseren Kern, geben wir unsere Charakterfestigkeit kund, kehren wir das Innerste nach außen. Sind die Blitze eine logische Fortsetzung der fortwährenden Wiederkäuung des funkelnden Wortbreis?

Der Schriftsteller schließt sich ein, er öffnet das Fenster und versperrt die Tür zum Nachbarzimmer, damit ihre Geister dort bleiben und sich nicht auf seinen Bleistift laden, sich nicht in seiner Spitze sammeln. Abkanten und abstumpfen würden sie sie, ein so zäher Stoff nähme ihr jede Leichtigkeit, jede Geschmeidigkeit. Während er die Sache hin und her überlegt, umklammern seine Finger fest und mutig den Bleistift. Während er notiert, sind seine Finger dicht bei ihm, vergessen ist alles um sie herum; wie bei einer schweren Geburt gehen aus ihnen manchmal alle die Wassollichdamitlinge, die Kannichtanders, die Taubnüsse und Taugenichtse hervor. Statt Guten Morgen wünscht sie ihm denkrichtig Schöne Sätze, Glück beim Satzzeichensetzen, wünscht sie ihm wenige Punkte und umso mehr Beistriche fürs Kristallieren und Abklären, und daß er möglichst viele Sätze vor dem Sturz ins Bodenlose rette. Sie weiß, daß er langsam und mit Sorgfalt arbeitet, darum wünscht sie ihm zur Abwechslung statt schöner Sätze die langen und bauschigen. Wenn sie aushäusig ist, erteilt sie ihm Aufträge und mahnt ihn, die Sprache unterm Korb zu halten, die Gesellschaft bedeutender Menschen zu meiden, denn gefährlich sei es, andere zu suchen und sich selbst zu verlieren. Besser ein Mensch ohne Beziehungen als Beziehungen ohne Mensch.

Immer bringt es sie zum Lachen, wenn Selbsternannte den einen oder anderen schon deshalb, weil er einmal bei ihnen am Tisch gesessen oder vor ihnen in der Reihe gestanden ist, zum Star, männlich oder weiblich, ausrufen, was für einen gewöhnlichen Menschen gleich viel ist, als wäre er Zeuge des peinlichen Verhörs eines Verdächtigen. Vor lauter Megalomanie sehen die Mächtigen und eingebildeten Wichtigtuer gar nicht, daß sie sich nur selbst lächerlich machen. Die Unstimmigkeit zwischen Sprache und Realität zerbricht sie, Sprache und Realität erweisen sich als unvereinbar, darum verwerfen sie, was verworfen werden kann. Sie sind wie Jungvögel, die von einem Nest ins andere flüchten. Im Größenwahn verspotten sie das Festhalten am Eigenen, das Vertrauen auf die Ursprungskraft, die Kraft der Originalität, verherrlichen sie die Entfremdung und geben dem Entfremdeten den Vorzug. Täglich zählen sie abends am großen Tisch den

Fang. Aber ihre Mokanz ist wankend, sie kehrt sich nur allzu gern um, nur allzu gern wird den Jungen im fremden Nest deutlich gemacht, daß sie überflüssig sind. Lieber ein gräflicher Herr als ein königlicher Knecht; lieber der Erste auf dem Kleinen, aber Eigenen, als der Letzte im Großen und Fremden. Es genügt, warnt sie ihn, daß drei Prominente sich einen Auftretenden halten, ihn zum Star ernennen oder ein Prominenter ihn dreimal nacheinander für einen Star hält, ihn zum Star ernennt, und schon bekommt er die Hohe Weihe, schon ist er oder sie ein Star und es dünkt ihn oder sie, nun auch in einen Menschen hineinkriechen zu müssen. Ohne die Prominenz im Hintergrund, ohne die Vornehmen und jene, die sich dazu zählen, sind sie nichts; alles, was sie sind, sind sie weder von sich aus, aus ihrem Eigenen, noch durch ihr Verdienst, sondern nach dem Willen, nach den Anstiftungen anderer. Die solcherart Ausgerufenen tragen nachher die Nasen hoch und vergessen in ihrer Großtuerei, von wo sie kommen und bei wem sie ausgebrütet wurden.

Kein Wunder, daß bei so einem Menschen die Phantasie durchbrennt und er Dinge sieht, die andere nicht sehen. Ist das Blitzen vielleicht ein Augenfehler, und werden die Augen etwa von den Bleistiften geschädigt, die unablässig auf Nichtigkeiten gerichtet sind, zu scharf auf die Leere am Papier fixiert? Da war nichts zu finden, was Blitze verursachen und zum Ausbruch bringen könnte, denn viele Menschen lesen und schreiben. Heutzutage schreibt jeder, der etwas auf sich hält, ein Buch über irgendetwas, und besser, er schreibt ein

Buch über nichts, als wenn er es nicht schriebe, doch niemandem blitzt es aus dem Bleistift, und schon gar nicht aus den Fingern. Woher also kommen sie? Wo verstecken sich seine Nachtblitze, und worauf sind sie gerichtet, auf wen haben sie es abgesehen? Sind sie das optische Präludium einer neu alten Fleischeslust, Auftakt und Aufruf zur Lust, jetzt, wo ihr Körper mit zu Ende gehendem Schwung und bereits wankenden Beinen schneller schrumpft als seiner und sein Körper öfter versagt als ihrer? Sind die Blitze ein Aufleben, eine Anfeuerung der alten Euphorie, oder das Endspiel, das leidige Ende der großen Feuersbrünste von einst?

Um die Seele wurde es ihm wohl und bitter zugleich: Zielen sie vielleicht auf jene myriadenmal stärkeren Feuerzungen, die sich in seinem Bewußtsein festgesetzt haben, als er begriff und verstand, wie keck sie damals, mir nichts, dir alles, den Körper der Mutter verzehrt hatten? Immer wieder sieht er sie emporzüngeln, am anderen Ende der Erdkugel zwar, aber doch ganz in der Nähe; unendlich weit in der Vorzeit, aber doch eingefangen in der Gegenwart, jeden Moment in den Alltag hereinreichend. Es waren keine Feuerzungen, es waren die Scheiterhaufen versammelter Feuer, aus der Zeit, als sich der Tod nicht mehr von den Häusern entfernt hatte und die Tödin kurzerhand auf dem Hofplatz die Sense gedengelt hatte, unter dem Fenster allen dreist ins Gesicht lachend. Hatten seine tausend myriadenmal schwächeren Blitze die kindliche Angst überwunden und das Krematoriumfeuer verhöhnt, mit dem Menschen ein bißchen gespielt?

Das letzte morgendliche Blitzen befeuerte ihn bis zur Anstößigkeit, entrückte ihn wieder in ein völlig unerwartetes Gefühl von Zügellosigkeit. Mit den Fingern berührte er ihre nackten Schultern, und über ihren Körper liefen Schauer. Es genügte ihm ihre linke oder ihre rechte Schulter, verschont seien ihre Brüste, ihre vollen Schenkel! Jetzt, wo es ihn manchmal auf die Seite verzieht und ihn allem Anschein nach bereits ein kleines Lüftchen umwerfen könnte, wird es mit dem Leben doch noch nicht aus sein, im Gegenteil, alles wiederholt sich, neues Altes und unbekanntes Neues entsteht. Nichts ist noch zu Ende, trotz des Speichelflusses, und mögen ihm auch die Dinge entgleiten, mag er das eine oder andere vergessen und ihm in den Tag hinein nachlaufen, alles setzt sich von Anfang an fort, mehr noch, ein neuer Aufschwung macht sich bemerkbar. Ihm zupaß und ihr gegenüber wäre es angebracht, das Geifern zu verbergen, es zu verheimlichen, den Körper bewußt gerade zu rücken, ihn am besten laufend aufzurichten und ihn, bevor er sich selbst davonrückt, aufrecht hinzustellen. Was für ein Glück, fügte er sich laut dem günstigen Schicksal, welche Gunst der Nacht! Wenn der Schein des Blitzes doch nur bliebe und sich verstärkte, länger verweilte, als Richtschnur und Fingerzeig! Nutzen würde er dieses Licht für irgendwelche nächtlichen Verrichtungen, die auch bei Dunkelheit von Wert sind, aber hundertmal schöner bei Licht. Im Schein des Blitzes könnte er feststellen, ob sie schläft oder wacht, und um wie viel ihn die Dunkelheit schädigt. Bei diesem jähen Blitz, wenn der Funke vom Finger springt und ihn noch währenddessen wieder die Dunkelheit umfängt, könnte sie sich verstellen, im Unklaren bliebe es, ob sie schläft oder nur vorgibt zu schlafen. Eine beständige Blitzeshelligkeit, die das ganze Kopfende erleuchten würde, brächte bald zum Vorschein, wie es wirklich um den Schlaf steht. Allein schon die Farbe der Blitzeshelle ist verführerisch und klärend und läßt sich mit keiner anderen vergleichen. Und sowie er feststellen würde, daß sie auf ist, würde er sich an sie drücken, um ihre Erwartung zu prüfen, ihre Bereitschaft einzufangen und sich in den Tau ihres Bewuchses einzulassen.

Das Verhältnis zwischen der Nacht und dem Schlaf hatte sich verändert. Im Alter schläft der Mensch verlangsamt, um im Wachsein alles auszukosten, was ihm noch bleibt, und um sich noch bei Tageslicht den Vorfahren zu nähern, sich ihnen anzupassen, anzugleichen, sich mit der neuen Schwägerschaft abzufinden, mit der er unausweichlich in Kontakt kommt; natürlich auch, um die Raffsucht und Habgier zurechtzurücken, getanes Unrecht, schlechte und halbe Werke wieder gutzumachen. Reinen Tisch muß er machen, durchs Worfeln die verkümmerten von den glatten und glänzenden Früchten trennen. Kein leeres Stroh wird er dreschen, gerade jetzt, wo seine Taten, solche und andere, zu Korn werden.

Der Schlaf ist versippt mit der Vernichterin Matilda, die Nacht, ihre Helferin beim Absinken in das Vergessen, hüllt sich ins Totentuch, das sie jeden Morgen lüftet, bis sie es eines Tages oder eines Nachts über den Auserwählten breitet. Die Nacht trennt alles auf, was der Tag gesponnen und ihr zugetragen hat. Deshalb ist es notwendig, sich mit dem Leben zu beeilen, solange es währt. Wer es kann und zu kühnen Gedanken fähig ist, bereit ist, unerschrocken zu handeln, frischt jetzt noch einmal alle Genüsse und Reize des Lebens auf, bringt die Schönheit der Geschlechtslust in Schwung, die ästhetische Neugier, verdoppelt den Genuß am Schönen, die Gier nach Lust, nach irdischen Freuden. Er mäßigt sie nicht mehr, wie er es bisher aus Rücksicht auf alle und alles tun mußte, sondern erlaubt ihnen, sich in ihm voll auszuleben. Und viel Zeit ist nicht. Der Schlaf, der unberechenbare Bruder des Todes, ein Verwandter im ersten Glied, und der Traum, seine kluge Schwester, melden sich bei ihm, sprechen ihn bereits an und verlangen Antwort.

Immer öfter erinnert er sich seiner Eltern, muß er an sie denken, weil sie ihn zu sich winken und ihn auffordern, sich ihnen anzuschließen, ihnen gleich zu werden. Der Vater, mit dem Pferdegespann unterwegs zu den drüben liegenden Feldern auf der anderen Seite, die Mutter, auf den jenseitigen baumlosen Schlägen und Plätzen umherirrend, wo es keine Ecken und Winkel gibt, keine Hügel, und alles rund und fließend ist und sie ihre Kinder sucht, denen sie in rosigem Alter entrissen wurde und die sie nicht finden kann, weil sie noch nicht dort sind, erst auf dem Weg hinüber. Er erinnert sich an die beiden, denen er sich offenbar nähert und verpflichtet ist, denn eines Nachts war es ihnen gelungen, ihm das Morgenlicht in Sicherheit und Wärme anzuzünden, sein Licht, damals noch kein Glanz und kein Glimmer, höchstens ein Schwelen, ein kaum merklicher Schimmer. Aber sie hauchten ihm bereits den Keim ein, Wurzeln zu treiben und mit den Flügeln zu schlagen. Sie zündeten es in den Augenblicken an, als sich ihnen die lauten Ausrufe, vielleicht Lustschreie, entwanden, lang gezogene, tiefe Seufzer, die selbst einen Stein zum Leben erweckt hätten, wäre einer in der Nähe gewesen. Schreie und Ausrufe sind ein Zeichen der Ganzheit des Lebens. Möglich auch, und wem sei es geklagt, daß die Seufzer nur von einem der beiden kamen, dann ist auch er die Frucht einer halben Liebe, somit ein geteilter, ein halber Mensch. Danach umarmte die Mutter den Embryo nicht mit beiden Händen, sie begann ihn mit dem ganzen Körper zu umarmen und hörte nicht auf, ihn zu umarmen, obwohl er noch nicht da war und weder Namen noch Gestalt hatte. Nie mehr würde sie ihn später so umarmen, dazu sollte sie auch keine Gelegenheit mehr haben. Wer weiß, vielleicht hatten Vorahnungen ihr eingegeben, die Umarmung zu steigern, vorausgehend zu verdoppeln und zu vervielfachen, sie schon vorwegzunehmen für die Kindheitsjahre, für das Heranwachsen. Im waghalsigen Schlaf nähert er sich jetzt den beiden. Der waghalsige Schlaf ist die Vorstufe zum reinen, unwiderruflichen Schlaf, eine Kategorie der Vollkommenheit. Von dem kühnen Schlaf war ihm noch ein wenig geblieben.

Im Anfang ist nicht das Wort, im Anfang ist die Lust, ihr folgt die Hingabe an den Genuß, am Ende steht die Bitterkeit. Diese heilige Dreifaltigkeit wiederholt sich das ganze Leben lang, aber der Mensch wird ihrer nicht überdrüssig, kann es nicht werden und darf es nicht. Wie könnte er ihrer überdrüssig werden, wo sie doch in allen Formen und Verkleidungen anziehend und aufregend ist, und am Ende noch die Bitterkeit süß, beruhigend, märchenhaft. Über alle Maßen töricht wäre es, ihr zu entsagen, ganz im Gegenteil, wer sich nun erst recht an sie heranmacht, verlängert und verschönert sich das Leben. Denn das Leben ist nur vorübergehend, im Moment ist es noch, eine Zeitlang noch, dann nicht mehr. Daher beschloß er, und die letzten warnenden Funken aus seinen Nägeln beschleunigten die Entscheidung, Leben in seine Tage zu bringen. Jetzt ist es für sie beide Zeit, voll und ganz aufzuleben, zu nehmen und zu geben und zu bekommen, miteinander die Intensität zu teilen, er mit aller Kraft, sie mit aller Macht. Nicht, um das Versäumte nachzuholen und das Durchgestandene vergessen zu machen, sondern aus Freude und Lust, und für ihre seelische und körperliche Gesundheit. Sie berührten einander, damit es zwischen ihnen strömen, ineinanderfließen konnte, sie staken sozusagen ineinander, wobei es sich von Fall zu Fall entschied, wann wer der Drischel war und wann wer die Scholle. Sie schlief, und als er heimlich und leise aus dem Zimmer ging, bemerkte sie es ohne aufzuwachen, und wenn sie das Schlafzimmer verließ, bemerkte er es ohne aufzuwachen. Ihr Schlaf war Teil seines Schlafs, sein Schlaf Teil ihres Schlafs. Schließlich vermischte sich ihrer beider Schlaf, und es war egal, wer schlief und wer wachte, sie wußten nicht, wen der Mond trug, wen die Drud drückte, wer im Traum sprach, schnarchte, um Hilfe rief. Sie schliefen zu zweit, so wie es sich allein schläft, sie ergänzten einander den Schlaf, schenkten ihn einander nach Bedarf, tauschten ihn miteinander. Er hatte die Gewohnheit, mit den Fingern auf einen Gegenstand zu klopfen, auf einen Körperteil, bewußt oder unbewußt, nicht mit dem Knöchel, sondern mit den Fingerballen, als würde er diesen Teil weichklopfen und erwecken, und er wußte nicht, ob er auf seine oder auf ihre Haut klopfte. Am Morgen, bei Tagesanbruch, prüften sie dieses schlafzimmerliche Aufstehen und Hinlegen nach, und es kam ganz selten auch nur zu den geringsten Abweichungen. Die Liebe war noch nicht verbraucht, sie hatte sie ihm noch nicht herausgemergelt, er hatte sie ihr noch nicht leergesaugt.

Lang, lange vorher hatte sie sich angesammelt, sich vorbereitet, von klein auf angehäuft, sich geklärt; im Kindesalter beginnend, war in den heranwachsenden Körpergefäßen vorauseilend zusammengeflossen, um zur Verfügung zu stehen, wenn die Stunde gekommen war. Von der Stunde aber kannte sie weder Tag noch Jahr, auch möglich, daß sie dort verkümmern, verherben und versauern würde, und wie ein Berg sein wird, aus dem nicht einmal ein Bach entspringen wollte und den Fuchs und Vogel mieden. Es gab keine Gelegenheit, ihr eine Richtung zu geben, sie jemandem zu bestimmen, lange schien es, daß sie sich nicht so bald und einfach so verwirklichen würde, darum blieb sie unangetastet. Sie reifte, wurde mürb und weich wie eingelagertes Obst, eine abgelegene Frucht. Gut aufgehoben, abgelagert, ausgeruht und unberührt wartete sie auf wer weiß wann später einmal, eines Tages aber würde er es wagen, würde er sie antasten und aus dem Vollen zu schöpfen beginnen. Er würde die Sinnlichkeit nicht mäßigen, das Fleisch nicht unterwerfen, sich nicht verleugnen; auch früher schon hatte er den Krämerseelen nicht gehorcht, die das verlangten.

Und wirklich bot sich aus Ungeduld früh eine Möglichkeit. Die Heumahd, in den ersten Kurzhosenjahren, eine jener seltenen, trotz der Schwielen oder gerade deswegen unvergeßlichen Mahden, war wie geschaffen dafür, daß er selbst begann, aus dem Inneren dessen zu schöpfen, was sich angesammelt hatte. Aber das war es noch nicht, es war eine Liebe im Übergang, eine letzte Regung, eine Rebellion der Kindheit, der letzte Versuch einer Kindesliebe, die einen Zufluchtsort suchte, die irgendwo abgestützt werden sollte, um sie an jemanden zu binden, sie irgendwo zu befestigen. Wie erleuchtet fuhr er ganz fiebrig hoch, stürzte ihr nach, im Glauben, sie einzuholen. Unbewußt sandte er einen Funken in diesen Heuscheiterhaufen, der sich in Wahrheit als schüchternes Heuhäufchen herausstellte, und hoffte, es würde Feuer fangen.

Die Heumahd war noch an diesem Tag verrichtet, das Heu unter Dach gebracht. Die Heuer saßen im Gras unter dem Baum herum, Einheimische und Taglöhnerinnen aus der Nachbarschaft, die auf Gegenseitigkeit arbeiteten und dem Bauern unaufhörlich schuldig blieben. Es genügte, daß eine Taglöhnerin aus Neugierde die Abdeckplane auf der Holztriste zurückschlug und nachsah, ob die Scheiter auch an diesem Tag noch an ihrem Platz lagen, und schon stand sie beim Bauern in der Schuld. Es wehte der Abendwind, obwohl es erst in den Nachmittag ging, sie hatten das schönste Wetter erwischt, brachten das Heu nach zweimaligem Wenden ins Trockene, nicht so wie im vorigen Jahr, als sie von den Wettern gejagt wurden und mit dem Heu gerade in den Vorregen hineinkamen. So wurde es vom Zwischenregen ganz durchweicht und ward erst lange nach dem Spätregen trocken. Die Runde, die im Baumschatten saß, holte sich schweigend von der rahmigen Sauermilch in der riesigen Porzellanschüssel, biß ins Bauernbrot und ließ die Löffel klingen.

Von wo, aus welchem Haus kam die ihm unbekannte Taglöhnerin, die im Kreis der Frauen mit untergeschlagenen Beinen ihm gegenüber hockte? Sie zog die Beine an und bog sie unter ihrem Körper zurecht, diese Stellung bot ein wenig mehr Bequemlichkeit, als starr in der Kniebeuge zu hocken. Die beiden betrachteten einander kurz und senkten dann den Blick, während um sie herum eifrig gekaut und geschlungen, geschmatzt und verdaut wurde. Er, noch im höchst entflammbaren Alter stehend, und nicht nur empfänglich für Anziehungen und Reize, sondern nach Versuchungen dürstend und seine sinnlichen Fangarme nach ihnen ausstreckend, wagte es nicht mehr, ihr ins Gesicht zu blicken. Das mußte er auch nicht, weil er sie unablässig vor sich sah, allmählich war sie seiner Seele zugewachsen, auch durch die geschlossenen Lider nahm er ihr Bild wahr. Völlig unsicher, was Entfernungen betrifft, stellt er fest, wie unendlich weit er von denen entfernt ist, die ganz neben ihm sitzen und die er mit seiner Schulter berührt, wenn er sich nach der Schüssel streckt, und daß er unendlich nahe bei ihr ist, die eine Ewigkeit von ihm entfernt sitzt. In ihrer Erscheinung liegt etwas Ungewöhnliches, sie hat Macht über ihn, andere haben die Macht nicht, sie sind leer. Er schaut an ihnen vorbei ins Tal, es sammelt sich in ihm und zieht, lockt seinen Blick an, scheu und heimlich schleicht es sich in ihre Nähe. Dort hält es an in Spannung und Schwelgerei.

Die Sorge quälte ihn, wohin die Begierde verstecken, daß sie nicht von den rundherum sitzenden Wächtern und Aufpasserinnen verdorben und entehrt würde und sein kleines, vor seinen Augen entstehendes goldenes Schloß zerstört, er aber an das Schandmal gestellt würde. Seinen Blick auf das Essen gesenkt, damit seine Augen nicht den Aufruhr in seinen Adern verraten, das Rauschen im Blut, das durch seinen Körper jagt. Er hat sich in sie verschaut, und die anderen lesen ihm, ohne ein Wort zu sagen, die Verliebtheit vom Gesicht ab. Daß ihm nur ja nicht eine Ader platzt und sich die Schande vor ihnen allen ergießt! Hat sich auch in ihr der Sturm zusammengeballt? In ihr hat sich wahrscheinlich nichts zusammengeballt. Alle Augen sind scheinbar hinter den Löffeln her, die vom Mund zur Schüssel und wieder zurückwandern und durch ihr Hinundherfahren die unsichtbaren Fäden des Anziehungsgeflechts über der Porzellanschüssel von Mal zu Mal aufheben. Das sommerliche Milchgeschmatze ersetzte alle Worte und lenkte die Gesellschaft im Baumschatten ein wenig von ihrer Rastlosigkeit ab. Durchgehend begleitete und überdeckte das Klappern des Eßbestecks das von Neid und Gehässigkeit erfüllte Schweigen.

Sooft sie den Mund auftun, so oft lügen sie. Sie schämen sich ihrer Gefühle, aber nur der schönen und angenehmen, ihrer Feindschaft schämen sie sich nicht, den Haß bekennen sie vor aller Welt und bieten ihn offen feil, rühmen sich seiner. Wenn ihnen Liebe widerfährt, verbergen und verheimlichen sie es, und falls davon aus alten Zeiten noch ein Rest geblieben ist, entschuldigen sie sich errötend dafür. Feindschaft ist etwas für die Starken, Liebe für die Schwächlinge. Damals hätte er nicht im Traum daran gedacht, wie vieler Anstrengung, in der Seele polternder, es von seiner Seite bedürfen sollte, bis er ihnen nichts mehr glauben, sich aus dieser eisernen Umklammerung herauswinden würde. Die Frauen hätten sich lieber auf den Tratsch verlegt, hatten aber nur Verdrücktes zu Gehör bekommen. Selbst ohne Glück, vergönnen sie es auch anderen nicht. Sie tauschen Blicke miteinander, wer unter ihnen den bösen Blick habe und zusammengewachsene Brauen. Gern hätten sie es gewußt, konnten es aber nicht sehen, ob die Taglöhnerin eine gespaltene Zehe oder gar den Bocksfuß hatte, da sie mit untergeschlagenen Beinen im Kreis saß. Sie wissen, daß sie beschrien und verhext werden, wenn ihre Blicke sich mit denen eines solchen Menschen treffen.

Die Heuer und Heuerinnen beendeten ihr Mahl und gingen ihrer Wege. Die Zeit des Heuschmauses begann sich in die einstige Monotonie des Arbeitsalltags zu verwandeln. Nach der Taglöhnerin wurde es bitter, er schloß sich ab und arbeitete den restlichen Tag wie ein willenloses Werkzeug. Die Bitterkeit, die eher einem Hungerleiden als einer Verbitterung glich, brachte es mit sich, daß er wie ausgehöhlt, wie unsichtbar umherwandelte. Beim Haus mischte man Buchenasche mit Anisöl und heilte damit eitrige Wunden, womit aber wird unglückliche Verliebtheit geheilt? Weder eine Haussalbe war bei der Hand noch irgendein anderer Balsam, kein Heilkraut, mit dem er den Hunger stillen könnte, der, wie es scheint, mit dem Honig veronkelt ist. Selbst für die körperliche Wundheilung sorgten sie schlecht, die Knausrigen und Freinehmigen, wozu sollten sie sich da um die seelische kümmern?

Die fremde Taglöhnerin ging und war nicht gegangen, nach so vielen Jahren sieht er sie immer wieder noch, wie sie mit untergeschlagenen Beinen auf dem einstigen Platz hockt. Da kehrt auch er im Geist heim und kauert sich am Platz unter dem Baum nieder, wo ihm vor langer Zeit die Schatten übel mitgespielt und seine Erwartung nicht erfüllt hatten. Alle Bilder der Heubaumrunde sind inzwischen verbleicht und haben sich aufgelöst, ihr Bild ist geblieben. Die Anziehungskraft hat noch nicht nachgelassen, noch immer versucht er sich der Eintaglöhnerin wortlos zu erklären. Nun kann er sich ihr ungestört, endlos und laut bekennen, denn die übrige Gesellschaft hat sich für immer zerstreut. Was er an jener Stelle aus der Entfernung bei dem langwangigen Mädchen vom Kirchenrain empfand, als ihn ihre straffe äußere Schönheit an den Ort fesselte, hatte er bei der Heutaglöhnerin noch nicht empfunden. Er hat gefühlt, daß die Schönheit, wenn er auf sie stößt oder sie auf ihn, so sehr schmerzt, daß es ihm die Tränen in die Augen treibt, mag die Schönheit körperlich oder ideell, geistig oder real, vorgestellt oder wirklich, sichtbar oder unsichtbar sein. Der Schmerz frißt sich ins Fleisch, noch stärker aber heftet er sich an die Seele und an den Geist. Damals konnte er zwar noch nicht wissen, daß er ihn Jahre später immer wieder erleben, auch in allen anderen Formen erfahren würde, in Wort und Bild, bei der Arbeit und beim Spiel, in Szenen von Menschlichkeit, menschlicher Einfachheit und Größe, ihn immer wieder im Künstlerischen erfahren würde, gleichgültig, ob das Kunstwerk vom Menschen oder durch die Natur hervorgebracht wurde. Er vermutete damals nicht, hatte doch der Baum neben den Abdrücken im Gras auch den Verdacht überschattet, daß neben allen anderen zwischenzeitlichen Schmerzen auch derartige Schmerzen andauern werden, die nie vergehen, denen er völlig unterliegt und die er nie beherrschen wird. Der Geist strebt nach Schönheit, einer solchen oder einer anderen, einer körperlichen oder eingebildeten, die Schönheit wird sich nie erschöpfen, und daher wird er sich auch mit dem Schmerz nicht versöhnen.

Sein Schlaf, ihr Schlaf, ihrer beider Schlaf, der zweieinige Schlaf, ihrer beider Liebe hat sich noch nicht abgenutzt, sie haben sie noch nicht ausgeschöpft. Daß es aus seinen Nägeln blitzte, wußte sie nicht, denn er hatte ihr absichtlich nichts gesagt. Er wollte sie nicht durch ungewöhnliche Erscheinungen erschrecken und wollte auch die Wahrscheinlichkeit verdecken, er könnte kindisch werden. Hatte sie selbst etwas bemerkt, das Zucken des Funkens ganz nah an ihrem Kopf gespürt? Und hatten irgendwelche Funkenränder ihr die Härchen gekitzelt, hat ihr solch ein Zucken etwas zu Gehör, zu Gesicht gebracht, haben sich ihr die Haare gesträubt? Hat der Funke Rauch ausgestoßen, hat es nach irgendwelchem Mineral oder nach versengten Nägeln gestunken, nach verschmortem Menschenfleisch, und wenn ja, hätte sie es denn nicht bemerken müssen? Es war ausgeschlossen, daß sie dies nicht sofort gerochen hätte, bei ihrem feinen, hoch entwickelten Geruchssinn, im Gegensatz zu seinem, der sich erst an der oberen Grenze des allgemein Erträglichen regte, wie auch seine Geschmacksnerven schon in der Kindheit durch heiße Speisen geschädigt worden waren. Hatte es auch geblitzt, wenn er seinen Arm um ihren Körper legte und sich dabei die Finger auf ihrer Seite, in der Nähe ihrer Augen, befanden?

Er vermutet, daß sie über alles Bescheid weiß und auch sie absichtlich schweigt, um ihn nicht zu erschrecken, ihm nicht Kummer und Sorgen zu bereiten, nach der Devise: wie du mir, so ich dir. Sie möchte ihn nicht drängen, eine Entscheidung zu treffen und die Sache aufzuklären. Solange es bleibt, wie es ist, solange beim Gespräch, in sexuellen Angelegenheiten, im täglichen Verhalten oder bei häuslichen und seelischen Entscheidungen keine verdächtigen Anzeichen bemerkbar sind, keine wesentlichen Veränderungen, soll es so bleiben. Sie werden sich nicht gegenseitig Angst machen. Also schwiegen beide, bewahrten beide den inneren Wert dieses Geheimhaltens für sich und waren beide im Stillen stolz darauf, dessen bewußt, wie trefflich sie einander überlistet hatten. Immer noch besser ein bedächtiges Schweigen als ein plötzliches Hin- und Her-Facken. Ihr Wissen hielten sie dadurch im Zaum, daß es kontrollierbar blieb und sie immer neugierig darauf waren, beide Geduld im Überfluß, beide nicht gerade rauschend und ungestüm vordringend, sondern sich von der weniger entwickelten zur stärker entwickelten Wirtschaftlichkeit heranpirschend, beide aus einer Zeit kommend, als die Knaben den Mädchen zum Zeichen der Liebe anstelle von Blumensträußen vernünftigerweise Wörterbücher schenkten.

Sobald das Wort über die Lippen kommt, aufgeschrieben und gelesen wird, ist es draußen in der Freiheit, spreizt es seine Flügel aus und beginnt zu leben. Es läßt sich nicht mehr zurücknehmen, nicht mehr dort hineinpferchen, woher es gekommen ist. Es läßt sich nicht mehr löschen, tilgen, austauschen gegen ein anderes. Es ist immerwährend, beharrlich, der Mensch, dem es angehängt wurde, wird es nicht mehr los, aber auch an seinem Urheber bleibt es auf Dauer haften. Das Wort ist kein Pferd, das man ausleihen und wieder zurückgeben kann, wenn man mit ihm das Feld umgeackert hat. Deshalb war das Schweigen zu Hause die Norm, die Regel bei der Heumahlzeit unter dem Baum, und deshalb ist das Schweigen die Grundhaltung der böswilligen, verderbten Menschen. Auch die gutwilligen Menschen schweigen und machen den Mund nicht auf, wenn es nicht notwendig ist, äußern nicht bei jeder Kleinigkeit ihr Mißbehagen und gehen nicht bei jedem Fliegendreck in die Höhe, sondern schweigen auf andere Art, sie schweigen um einen Zahn oder zwei lockere, um eine Schaufel weniger tief, sie schweigen im Lockeren, während die Verderbten und die Nichtsnutze im Härteren schweigen. Der Hund heult im Trockenen anders als bei Regen, bei Mondschein anders als bei Sonnenglut. Verderbte Menschen schweigen bald aus reiner Bosheit, bald aus böser Reinheit, sie lassen es nicht zu, daß ihnen jemand ihre Bösartigkeit verunreinigt oder daß sie sie selbst verunehren. Das Böse verzinst sich im Schweigen und im Verborgenen, nur dort verspricht es ein Leben in Behaglichkeit, Pracht und Freiheit. Weil sich das Böse verbirgt, können ihm andere nichts anhaben, es macht sich bezahlt. Dem Bösen geschieht nichts Schlimmes, auch am Ende gleicht sich das Böse nicht mit allem anderen aus, mit dem Redlichen und dem Gerechten, denn es bringt den Niederträchtigen immerzu und bis zuletzt ein schönes Leben. Für Schlaufüchse ist es keine Strafe, daß auch sie am Ende ihres Lebens sterben, haben sie sich doch die ganze Zeit vorher und im Voraus unbeschwert und sorgenfrei im Guten gesonnt. Offenherzig, vor aller Augen spenden sie für den Abschiedstrunk und bringen einen Trinkspruch auf den Abschied aus, offen lachen sie allen unverhohlen ins Gesicht, denn sie wissen, daß sie sie um ihr Recht gebracht, betrogen und aufs Eis geführt haben.

Bei der Arbeit ist es anders. Bei der Arbeit ist Schweigen unumgänglich, soll sie wirkungsvoll, einträglich und erfolgreich sein. Das Schweigen ist ein wesentlicher Teil der Arbeit, es ist schon die halbe Arbeit. Wer sich auf dem Arbeitsplatz einfindet und schweigt, hat bereits gearbeitet. In der Kirche spielt das Schweigen seine Demutsrolle, bei Tisch ist es entbehrlich, aber ratsam, im Wirtshaus jedoch verhängnisvoll, schädlich und quälend. Das Wirtshaus in seinem Dorf war nichts anderes als das Dorf im Kleinen, eine Verlängerung des Dorflebens. Dort bleibt jeder immer bei seiner alten Leier, dort haben sich den Leuten die Zungen von selbst gelöst, sprudelte in ihnen alles hoch, worum sie zu Hause benachteiligt worden waren, was sie daheim versäumt, verschwiegen oder mit Schweigen übergangen hatten. All das kochte an die Oberfläche, bildete Bläschen, die in Freude barsten, hier hielt die einheimische Gesellschaft ihr Elend feil, wenn sie Nichtigkeiten in allen Einzelheiten untereinander austauschte, die Einzelheiten in noch kleinere Teile aufdröselte und diese noch und noch wiederholte, sie um sich selbst drehte und wendete, bis sie schließlich in völliger Bedeutungslosigkeit verschwanden.

Lautstark und mundfertig sind sie aber nur, solange sie unter sich sind. Kaum tritt ein Fremder unter sie, anders gekleidet und anders gekämmt, ein Angehöriger eines anderen Idioms, verstummen alle wie abgeschnitten und heften ihre Augen auf den Ankömmling. Sie merken sogleich, wie der Eingetretene Partikel eines unsichtbaren Sprays in den Raum sprüht, die sie einzuatmen beginnen, und spüren, wie von dem an der Tür Stehenden eine betäubende Kälte ausgeht, die sich lähmend über sie legt, und wie sie andauernd von Starre, Verhärtung und Schwerfälligkeit erfaßt werden. Die Betäubten können gerade noch raten, ob der Ankommende ein Bonvivant ist, ein Krösus und Beau obendrein, auf jeden Fall zu viele Begabungen auf einem Fleck; sie rätseln, ob es der Verbrecher sei, von dem die Rede war und der gesucht wird, ein Flüchtling, Marodeur, Bankrotteur oder ein Betrüger, der untergetaucht ist und nur bis zu dem Maße betrügt, daß er als Betrüger bezeichnet werden kann, aber doch zu wenig, um zu den prominenten Betrügern zu zählen. Offenen Mundes und still sitzen sie da, alle Geräusche verlieren sich, das Trillern der Instrumente bricht ab, das Wasser im Wasserkessel hört auf zu brodeln und der Braten im Rohr stellt sein Brutzeln ein. Wenn in diesem Moment jemandem ein Bierdeckel auf den Boden fällt, macht es in der Luft einen Kracher und der Lärm kerbt sich ins Mark ein. Nur das mitternächtliche Friedhofsschweigen übersteigt noch um ein, zwei Knochen ihr eigenes Schweigen. Starr folgen ihre Blicke dem Ankömmling, bis er einen Tisch findet. Erst als er sich setzt und sich sein Gesprüh über die Menschen legt, lassen die Augen ihn los und beginnt sich das Geplätscher langsam wieder zu regen. Das Lauern wird schwächer und die Spannung läßt nach, mißtrauisch beäugen sie jetzt den am Tisch Sitzenden von der Seite und scharen sich dabei wie von selbst zu einer Herde zusammen. Immer ist jemand auf der Lauer, abwechselnd bestimmen sie mit einem Augenaufschlag den nächsten Wächter, die nächste Wächterin, und kommen erst zur Ruhe, wenn ihnen der Wirt, als Kenner der Szene und Bierpsychologe, mit einer Bestellung vorbeieilend, zuzwinkert.

Einen gewöhnlichen Fremden ertragen sie noch irgendwie, ein Fremder mit anderer Hautfarbe aber ruft bei ihnen Schrecken und unruhiges Stühlerücken hervor. Der Fremde grüßt beim Eintreten tapfer und bleibt lange in der Tür stehen, schaut sich in aller Ruhe nach einem freien Platz um und ist auf verlorenem Posten. Sein Tag ist verdorben, aber er ist um eine Erfahrung reicher und wird beim nächsten Mal grußlos eintreten, sich eher ins Wirtshaus einschleichen und hineinschlüpfen, statt wie auf eins, zwei einzutreten. Er hat gelernt, daß durch seinen Gruß erst die Stille hervorgerufen wurde, weil es nicht das richtige Grüßen war, weil die Intonation der Stärke nach nicht zu dem Tratsch und Klatsch der Tischgesellschaft passte, weil der Gruß nicht auf Tratsch und Klatsch gestimmt war. Später einmal wird er einsehen, daß die Leute grundsätzlich nie vorausgrüßen und darum keinen Gruß erwarten und auch der Fremde keine Antwort erwarten soll. Den Gruß unwissender Fremder halten sie für einen Verstoß gegen die dörfliche Tradition, für eine Störung des dörflichen Friedens, einen Angriff auf die dörflichen Sitten und Gebräuche. Er, der neugläubige Stumme, wird sich fortan ins Wirtshaus hineinstehlen, sich grußlos hineinducken. Anders ist es bei den großen dörflichen Feiertagen. Wenn ein unentschlossener Mensch nicht rechtzeitig von der Tür weicht, sobald die Durstigen an einem Freudentag herandrängen und bevor sie sich in diesem Flaschenhals stauen, schieben sie diesen Türsteher einfach weiter, und kein noch so gegrätschter Widerstand vermag der heranpressenden und ihn von der Schwelle mit sich ins Heiligtum des Essens und Trinkens schiebenden Menge standzuhalten. Es gelingt ihm nicht einmal, sich umzudrehen, gerade daß er die Beine noch in die Schubrichtung stellt.

Vom Wirtshaus bis zur Dorfkirche ist der Weg kurz, aber nur in einer Richtung ausgetreten, einbahnig begangen, in eine Richtung festgelegt. Die Kirche liegt auf gerader Linie dem Wirtshaus gegenüber, als sein Gegenstück: Beim Eintreten ist es nicht notwendig zu grüßen, und ohne ein Hindernis werden vom Fleck weg ohne Ausnahme alle aufgenommen. Nur auf der Schwelle staut es sich auch in der Kirche, verkeilt es sich beim Stehenbleiben und Vorrücken, wenn die Leute ihre Finger ins Naß des Weihwassersteins tauchen. Im Angesicht der Kirchenschwelle hört der Mensch in seinem Eifer eine Weile auf zu eilen. Die Schwellen haben ihre Kraft, sie sind eine Grenze, die den Strom der Gläubigen verlangsamt, bis dann die Männer anhalten und unter der Empore zum Stillstand kommen. Das Chorgestühl drückt allzu sehr auf den Boden, und die Männer fügen sich in ihrer Trägheit und Leibesfülle, während sich die Frauen mit vollendeten Bewegungen leichtfüßig an ihnen vorbei- und zwischen ihnen hindurchwinden. Die Männer verharren lieber im Dunkel direkt unter dem Gedröhn der Orgel, von wo sie dann ihre Blicke über die Frauen schweifen lassen, die sich auf dem Weg zu ihren Bänken verspäten, die einen ihre Schönheit zur Schau stellend, die anderen in stolzer Haltung ihre Schönheitsfehler verbergend. Besser, die Männer stehen unter der Empore und flüstern sich Geschichten zu, als daß sie daheimbleiben und dort schweigen. Wenn es vom Turm zur Messe und zu anderen Verrichtungen zusammenläutet, ist es Zeit, sich in die Kirche aufzumachen, denn es gilt nur die körperliche Nähe, es zählt nur die persönliche Anwesenheit. Besser, ungläubig und vor den Augen der Kirche, als gläubig und der Kirche aus den Augen. Die Schwellen sortieren und sondern aus, sind launisch und nehmen Anstoß, so mancher kommt nur bis zur Schwelle und macht dann kehrt. Auf der Schwelle sind schon Große gestrauchelt.

Unter der Empore, in einem unscheinbaren Winkel, drückt sich der Beichtstuhl in eine Mauernische, er ist dort verborgen, damit auch die Sünden verborgen bleiben, und damit es umso deutlicher zu sehen ist, wenn hinter dem Glas die Funken aufleuchten, sobald die eiserne Sünde an die stählerne schlägt. Der Beichtstuhl ist nahe genug bei den Bänken, daß die Männer so manches Beichtgeflüster, so manchen eindeutig sündenüberdrüssigen Beichtvatertadel auffangen können. Der Beichtvater gerät in Zorn auch, wenn eine Sünderin es mit ihren Sünden und Verfehlungen übertreibt oder ein Querkopf geringschätzig um den heißen Brei herumredet. Überdrüssig der fadenscheinigen alten Sünden, doch in Sorge um den Nachwuchs muß er sie in Kauf nehmen, denn des Vorbilds wegen sind sie notwendig, um die Kinder an den Beichtstuhl zu gewöhnen. Die Kinder sollen früh und von klein auf herangeführt werden. Schon allein der Gedanke an Unkeusches, schon allein das Onanieren in Betracht zu ziehen, ist bereits Sünde, es braucht gar nicht zur Tat zu kommen. Wenn es gedanklich zu kitzeln beginnt, ist es schon zu spät, die Sünde wurde bereits begangen, denn der Kitzel geht durch das Bewußtsein, und der Gedanke macht bei ihm Halt. Zuerst erschafft der Schöpfer das Faktum und stellt es vor den Menschen hin, dann korrigiert die Kirche das Geschaffene, paßt es ihren Bedürfnissen an. Der Mensch begeht schon eine kleine Sünde, wenn sich ihm die Versuchung nur nähert, eine Todsünde aber begeht er, wenn er sich von allein der Versuchung nähert. Die Kirche erzeugt im Menschen ein Schuldgefühl und sichert sich dadurch die Macht über ihn; ihre Herren bestimmen, was gut ist und was schlecht. Durch die Sünde halten sie den Stier bei den Hörnern. Christen und andere Heiden sehen die Gefahr für das Seelenheil überall dort, wo keine ist. Bei sich selber sehen sie sie nicht, weil sie sie dort nicht suchen.

Er war von klein auf an den Beichtstuhl gewöhnt, Todsünden beichtete er bereits, als er noch nicht wußte, was eine kleine Sünde ist. In der Sünderreihe stand er schon, als er noch gar nicht in der Lage war, sexuell zu sündigen, weder in Gedanken noch in Gefühlen noch mit dem Körper. Die Drohung des Beichtigers bedrückte ihn und machte ihn bucklig, die Seele wurde irr in ihm, das Höllenfeuer bereitete ihm Angst. Wie ein Zentnergewicht lastete es auf ihm und machte ihn klein und minderwertig, im Tiefsten seiner Seele fühlte er sich nichtig. Man legte ihm Bleigewichte auf die Schultern, bei jeder Beichte von Neuem, immer neue, oder man legte den alten noch den einen oder anderen Sack dazu, womit er dann, geknickt und gebeugt, durch die Welt ging.

Die Versündigungen der Kinder langweilen den Beichtiger schon von Vornherein. Er kann sie nicht ernst nehmen, als Mann mit geschultem, offenem Geist ist er neugierig auf außergewöhnliche, schwere Sünden, solche, die dem Faß den Boden ausschlagen. Die Finsterkeit des Beichtstuhls verdeckt jedoch nur die Handvoll jener Sünden, um die allein der Sünder und sonst niemand weiß. Die Handvoll anderer Sünden ist im Dorf allen bekannt, gibt es doch keine Sünde, deretwegen man öffentlich nicht Anstoß nehmen würde. Jeder, auch die Blinden, Gehörlosen und Schwerhörigen wissen immer schon, wer es unablässig treibt und vor Zeugen oder heimlich wiederholt, was er nach den Regeln nicht tun und nicht wiederholen dürfte. Die finstere Nische, in welcher der Beichtstuhl steht, verdeckt nur jene Sünden, die nicht allgemein bekannt und nicht für alle anderen augenfällig sind, daher werden gerade sie zum Gegenstand des allereifrigsten Abhörens. Die Männer unter der Empore beobachten die Beichtlinge, wie sie der Reihe nach warten und alle Sünden gesammelt und geordnet haben, vorweg die großen, dahinter die kleinen. Sie meinen, sie hätten es, aber es stellt sich heraus, daß sie es nicht haben. Es geschieht immer wieder, daß der knapp vor dem Eintritt in den Beichtstuhl Stehende nachdenklich und suchend die Augen kreisen läßt, als er den dort noch nie gesehenen Riß in der Mauer entdeckt, verborgen unter einem Fleck von Mauerfeuchte. Die aufmerksamen Männer unter der Empore bemerken sofort, wenn es einen solchen Sünder schüttelt und er noch ein letztes Mal die Augen schließt, zusammenzuckt und sich im Dunkeln wiederfindet, in so etwas wie in seinem Wald, schwarz vor lauter Baumdickicht, auf einem durch und durch bewachsenen, undurchdringlichen Platz voller Nadelbäume, ohne die lichten Laubbäume, und wie dann, sobald er wieder die Augen öffnet, aus dem Riß in der

Mauer noch eine Sünde hervorkriecht, an die er vorher nicht gedacht hatte und die er nervös gerade noch rechtzeitig in die Sammlung einordnet. Der Riß in der Mauer hat sie ans Tageslicht gedrückt. Gut, daß er diesmal doch aufgeblickt hat, obwohl es sonst nicht seine Gewohnheit ist, an diesem heiligen Ort Umschau zu halten. Fast wäre ihm ob der mangelhaften Gewissenserforschung zum zweiten Mal schwarz vor den Augen geworden.

Als die Männer unter der Empore dann vom Altar her die heiligen Worte hören, mißfällt es ihnen und will ihnen nicht in den Kopf, daß dem Josef die Nacht mit Maria nicht gegönnt werde und die beiden auf jede Weise daran gehindert werden, paarig in einem Bett zu schlafen. Jede körperliche Nähe zwischen den beiden werde verneint und verachtet, ihre körperliche Vereinigung ausgeschlossen, aus Furcht, das könnte sich herumsprechen und die weltlichen Partner sich an den Nächten der irdischen Liebe zwischen zwei göttlichen Menschen ein Beispiel nehmen, um sie nachzuerleben. Kein Vergönnen körperlicher Genüsse, keine Freudenspendung unter den Menschen, Wertschätzung einzig und allein des gebrechlichen, brüchigen, mangelbehafteten Teils der menschlichen Natur, zurückgewiesen wird der feste, harte Teil, denn der eine ist von Gott, der andere von weißgottwoher. Keine Freudenverkünder, sondern Wortführer des Zähneknirschens, die behaupten, eine solche Nacht habe es nie und nimmer gegeben. Aber die Männer lassen sich nicht für dumm verkaufen, wo doch jedermann weiß, daß es sie gegeben hat. Sie wissen, daß sie zu spät kommen, denn die Nacht hat sich bereits in der ganzen gekreuzigten Welt herumgesprochen und wird dort seit je nachgeahmt; und weil es einmal schon so aufgezeichnet wurde, seien sie verurteilt, der Schrift zu glauben. Die Männer unter der Empore trauen der Behauptung nicht, umso weniger, als sie ins Endlose und in alle Windrichtungen ausgedehnt ist. Kein Wunder, daß sich bei den Männern die Ungläubigkeit regt. Sie können es nicht ertragen, daß sich gerade die Verkünder der Frohbotschaft über sie lustig machen, das Geschlechtliche verleugnen, den Männern unter die Bettdecke schauen und sich expertenhaft einmischen, das Fleisch beschneiden und nach der Sünde schnüffeln. Die Männer unter der Empore dulden es nicht, daß ihnen irgendwer das Bettuch lüftet und das Gebot mißachtet, welches verlangt: Du sollst keinen Verdruß machen und dich nicht in fremde Sachen einmischen. Es ist noch nicht lange her, da befand er sich selbst unter ihnen, war einer von ihnen, bis ihm das Anlegen der Trense endgültig und aus tiefster Seele zuwider war. Unter der Empore heraus, fort von diesem engen, umgrenzten Standplatz, trat er hinaus in den Tag, wo die Gelegenheiten schwinden, daß ihm jemand Trense und Zügel anlegt.

Als er noch mit den anderen Männern unter der Empore stand und sich jene gottmenschliche Verworrenheit anhörte, die aus einer überdüngten, aufgeweichten Phantasie heraustrieb, kam ihm seine Mutter in den Sinn. Sie hätte ihn in den hellen Tag führen müssen, ihm ein Licht im Dunkeln sein können, von klein auf bis in die Mannesjahre eine Festung sein müssen, für ihn das Bild einer Frau gestalten sollen, aber er mußte sich Unsicheres von fremden Leuten anhören, statt auf sie zu hören, und der Zorn packte ihn. Die Frau hatte ihnen schon seit je Schwierigkeiten bereitet, man wußte nicht, wohin mit ihr und wie sie unterwerfen. Lauter ledige Männer, es befand sich keine Frau unter ihnen, fühlten sich berufen, über die Natur des weiblichen Körpers und ihres Geistes zu befinden, ihr Wesen zu ergründen, sie und ihre Rolle zu bestimmen. So ist das Bild der Frau das Ergebnis männlicher Wünsche und Selbstherrlichkeiten. Inzwischen waren Jahrzehnte vergangen. Aus der Spannweite dieser Zeit erinnert er sich der ersten Kontakte, der ersten Erfahrungen mit diesem Lebensmodell. Die Ersten, die ihn schon als Kind abzurichten und zu lenken versuchten, waren seine Seelsorger. Aber nach und nach zeigte sich die Vergeblichkeit dieser Bemühungen, die Leichtgewichtigkeit und Windbeutelei dieser Ausrichtung. Solange der Seelsorger Kaplan ist, zweifelt noch manch einer, ob die künstlich ihr zugewiesene Bestimmung für die Frau von Nutzen sei. Doch wenn der Seelsorger Pfarrer wird, oder der Pfarrer gar Bischof, bleibt von den Zweifeln kein Schimmer und kein Schatten. Der Bischof weiß jetzt mit unerschütterlicher Überzeugtheit, was einer Frau zusteht, was sie beglückt, was sie bedrückt und worin ihr Wesen besteht. Die so einnehmenden, mitfühlenden Zweifel des Kaplans schlugen um in die Festigkeit und Bestimmtheit des Bischofs, das Bischofsamt stieg ihm zu Kopf, dem Bischof reicht der Löffel nicht mehr, jetzt schöpft er mit der großen Pfanne reichlich aus den Quellen geheiligter Weisheiten.

In der frühen Jugend, bevor die Sexualität sich regte, hatte die Geistlichkeit noch den Lebensgenuß verkündet, Neugier, Lüsternheit und Freude geweckt und für geistige Nahrung und seelische Zufriedenheit gesorgt. Sie bewegte sich auf der Erde, zwischen den Lebenden, und öffnete den jungen Menschen die Augen für die Schönheit in all ihren Erscheinungen. Sein Kaplan sammelte nicht nur in der Kirche Meßdiener um sich, sondern ebnete ihnen auch den Weg zu Bildung und Aufklärung. So manchen Nachmittag saßen sie im Gras hinter der Kirche, und der Geistliche begann von den Heldentaten mutiger Männer zu erzählen, von Begebenheiten aus der Geschichte ihrer Kultur, verwunschenen Schlössern, spukenden Gespenstern und davon, wie die Menschen früher unter Kälte und Frost litten, wie sie hungerten und was sie unternahmen, um ihre Bäuche zu füllen, wie die Welt aus den Angeln gehoben wird. Mit offenem Mund hörten die Wißbegierigen zu, und den einen oder anderen überlief es bei diesem und jenem kalt. Wenn es in der Nähe knirschte, oder wenn es nur schien, als hätte es geknirscht, drehten sich alle ängstlich zur Sakristeitür um. Die Lehrenden verstanden es, Spannung in den Alltag zu zaubern und in den Jugendlichen verborgene, vergrabene Talente zu wecken. Zu Monatsende versammelten sie sich an einem langen Tisch, wie in einem Sitzungszimmer, und der Pfarrer rechnete persönlich mit jedem das Geld für die geleisteten Dienste ab, schmeichelte seinen kindlichen Angestellten, ohne zu vergessen, bei dem einen oder anderen eine freundliche Ermahnung hinzuzufügen. Für unterschiedliche Kulthandlungen galten je unterschiedliche Beträge. Das erste selbstverdiente Geld entfachte ein Gefühl von Außergewöhnlichkeit, das tat der Seele ungemein wohl, und sie gingen ganz anders bei der Pfarrhofstür hinaus, als sie vorher hereingekommen waren. Zum ersten Mal hatte ihm nun jemand einen Wert bekundet, in Wort und Werk seine Geltung und Nützlichkeit bestätigt, alle Vorhaltungen, er sei auf dieser Welt ein überflüssiger und störender, im Weg stehender Mensch, aufgehoben und ins Gegenteil gekehrt. Auf einmal war es nicht ohne Nutzen, was er tat; jemand hatte ihm die Aussicht eröffnet, daß er ein unentbehrliches Glied in diesem Geschehen sei und Geltung habe. Ihm selbst erschien es komisch und schwer begreifbar, wie ihm in dieser dem Jenseits zugewandten Rolle alles nach diesseitigem, rein menschlichem Maß widerfahren war. Er hatte das Gefühl, als bräuchte er von nun an keine Fehler zu fürchten.

Mit dieser jugendlichen Befindlichkeit war es nur wenige Jahre später auch schon zu Ende, vorbei war die Leichtigkeit des Genießens, vorbei die Geschmeidigkeit der sanften Freude. Aus dem Munde der Maßgeblichen, jener, die dem Maß das Maß bestimmen, kamen Vorbehalte und Hindernisse. Der Kern war derselbe geblieben, Ort und Atmosphäre hatten sich verändert. Daheim in der Kirche wurde auf der Orgel gespielt, daß es eine Freude war und sich dem Herrgott die Falten im Gesicht weiteten, es beutelte ihn vor Freude und Vergnügen. Der Gott im Internat ist bald verstimmt und gereizt, bald lau, nachlässig und verschlafen, und die Orgel spielt besonders laut und dröhnend, nicht um die schlafenden Schüler, sondern Gott selbst aus dem Halbschlaf aufzuwecken. Man muß sich um ihn Sorgen machen, daß er sich nicht etwas Schlimmes antut. Es kommt vor, daß er plötzlich zornig wird und über ihren Köpfen wie ein Blitz dahinzuckt, der unter sich trockenes Holz aufgespürt hat, so wütend, daß die Deckenlüster wackeln und die knienden Würmchen im Gestühl zu tun haben, ihn zu begütigen und seinen Zorn zu besänftigen. Es dauert, bis ihm solch ein Zorn vergeht. Jetzt dröhnt und droht die Orgel, dann wieder poltert und donnert sie, nun erbarmt sie sich und tröstet, und obwohl sie manchmal etwas beruhigter klingt, ist diese Gelassenheit nur ab und zu den heimischen Klängen ähnlich. Woher diese Stockfinsternis im Heim, wann wurde die Erleuchtung von der Finsternis verhüllt und verschüttet?

Von den Kaplansnachmittagen kehrte er voller Eindrücke heim und war dankbar, einen Platz zu haben, wo er sich hinlegen oder an einen Tisch setzen konnte und halbwegs angenehm mit Kleidung und Schuhwerk versorgt wurde. Während er sich im Schatten der Heimatkirche stark fühlte und entschlossen zu erkennen gab, was er in Zukunft alles in Bewegung setzen und ändern werde, hatte ihn der Schulbesuch in der fernen Anstalt wieder kraftlos auf den harten Boden zurückgebracht und wo er einige Jahre lang von den Stürmen der Jugend gebeutelt wurde und zwischendurch immer wieder ins Stolpern geriet, ähnlich wie er zu Hause am Sprungstein, von Stein zu Stein springend, über dem Bach ausgeglitten war. Der Blick von der Internatsterrasse ins Tal und auf die Berggipfel, besser noch der Fensterblick von einem höheren Stockwerk aus, trieb so manchem die Heimwehtränen in die Augen, ihm trieb er die Schwielen in die Hände und das Ächzen der bäuerlichen Werkzeuge und Geräte in die Ohren. Das Stöhnen der Arbeitstiere kehrte wieder und verfestigte sich im Gehör. Statt über die Wangen rannen ihm die Tränen, wenn sie rannen, inwendig und nach innen, breiteten sich in seinem Fleisch aus und setzten ihren Weg in seinem Geäder fort. Sie waren unsichtbar, und nur wer sie bemerken wollte, bemerkte sie auch. Der Rektor war nicht darunter, der begab sich nicht in die Niederungen der Täler: Ihm wurde es in den Untiefen und in den Ebenen wirr im Kopf, am flachen Boden bekam er Schwindel, nur in den schwindelnden Höhen war er in seinem Element.

Nichts auf dieser Welt geht verloren, nichts wird vergessen, nichts bleibt unvergolten. Als er sie unlängst bei Besorgungen zu einem Stadtbummel begleitete und auf der Außenmauer der Stadtpfarrkirche den Namen des einstigen Internatsrektors entdeckte, hielt er erschrocken seinen Schritt an. Es versetzte ihn in Angst, als sein Blick an dem Namen hängen blieb. Unter dem Vorwand, etwas Persönliches erledigen zu wollen, verabschiedete er sich von ihr und blieb lange allein vor der Granittafel stehen, las die Namen und Jahreszahlen der Angehörigen des Klerus, die irgendwann den Dienst in der Pfarre versehen hatten, bis er seinen Augen traute. Er wollte keinen Zeugen bei diesem unerwarteten Zusammentreffen haben, das angesichts des in den Stein eingeschriebenen unzugänglichen Herrschers über die jugendliche Gemeinschaft, eines Machthabers nach dem Muster der alten Despotien, all den Zorn und die ganze Entfremdung einige Augenblicke lang wieder in Erinnerung rief. Aus den eingemeißelten Schriftzeichen atmeten Kälte, Herrschaft und anmaßende Machthabung; sein Körper richtete sich auf und nahm wie von selbst eine stramme und kontrollierte Haltung an, so wie in den Momenten, wenn die Schüler bei einem Fehltritt zur Rechtfertigung und Bestrafung vor den Richter treten mußten. Mit gesenktem Sünderhaupt standen sie vor der personifizierten Machthabung, angstvoll floß der Geist durch den Körper, die Seele kroch immer tiefer hinab, bis sie in die Schuhe rutschte. Er wollte von ihr nicht in diesem Zustand gesehen werden, daß sie versucht wäre, sich über ihn lustig zu machen. Deshalb hatte er sich von ihr verabschiedet, auch wenn es nicht ganz dem Plan für diesen Tag entsprach, ihn aber nicht durchkreuzte, zumal auch sie das Bedürfnis hatte, den einen oder anderen Weg allein zu erledigen. Frost und Eisen, nicht Stahl, der glänzt, sondern Eisen, das vom Rost zerfressen wird, atmete aus der Vorhalle der Kirche und trieb ihm den Schweiß auf die Stirn, versetzte ihn zurück in die Zeit, als das Wort »Schweiß« noch mit Fieber verbunden war, nach Brand und brennender Hitze klang, und der Sonnenschweiß den Menschen in den Schatten trieb. Zur Schwitze wurde daheim Leinen auf die Bleiche gebreitet, gewaschenes Obst und Getreide für die Dürre auf die Darre, und alles, was den Schimmel hatte, in den Durchzug gehängt. Sommerschwitz und Winterkälte überliefen ihn zugleich, selbander bannten beide ihn und hielten ihn an Ort und Stelle fest.

Schau ihn an, den Teufel, da hat doch sein früherer Rektor auch in diesem Erdenwinkel seine Spuren hinterlassen! Sind die Männer noch aus seiner Zeit, sind die Weiblein, denen er auf dem Trottoir begegnet, noch aus der Zuständigkeit seines seelsorgerischen Hirtenamts oder sind sie schon deren Nachkommen? Bekanntlich war der Kaplan damals ein Schönling gewesen, der um seine Unwiderstehlichkeit wußte, und hatte sich erst an das gesellschaftliche Leben gewöhnen müssen, er war noch freigeistig und neugierig gewesen, freundlich, weltgewandt und barmherzig, vielleicht sind ihm manchmal noch Zweifel an der eingeimpften und anerzogenen Wahrheit gekommen, die er sein Leben lang erbarmungslos vertreten müssen wird, seit er den Widerspruch zwischen Lehre und Wahrheit bemerkt hat. Klar, daß er seine Zweifel nicht rundheraus zu erkennen geben wollte, sie allen zur Schau stellen und auf dem Teller servieren, nur zu, bedient euch!, sondern sie in seinem Inneren verbarg und abliegen ließ, bis sie mürb waren und ihre Bitterkeit verloren hatten, darin war er in mancher Weise seinem Kaplan ähnlich. Bei fast jedem, der nicht vorher abspringt, kommt es zur Umkehr, sein Geist findet sich dann ab oder bricht zusammen und fügt sich in sein Schicksal. So, wie er den Rektor gekannt hatte, der nur für Auserwählte aufgeschlossen war, mochte er sich gar nicht vorstellen, in welchem Teil seiner Eingeweide die Zweifel darauf warteten, bis sie weich wurden und ihr Inhalt sich festigte und zur Überzeugung wurde. Hatte auch er auf dem Platz vor der Kirche Jugendliche um sich geschart, im Kastanienschatten eines Stadtparks oder im Pfarrhofgarten, und ihnen Geschichten über nationales Heldentum erzählt, über verwunschene Seelen und seelische Treue, über Verrat und Edelmut, Muster und Vorbilder? Oder hatte er ihnen schon damals, in früher Kindheit und während sie als Schüler heranwuchsen, den Willen gebrochen und das Selbstbewußtsein zerrüttet, das Selbstvertrauen getrübt, ihnen seinen Willen eingepflanzt und ihn immer wieder auf das Podest seiner einzig seligmachenden Wahrheit gestellt? Hatte er nicht damals schon geisttötend zu den Waffen geblasen, zur Musterung aufgerufen, nicht für die Lebensbildung der Heranwachsenden, nicht dazu, Krisen zu bewältigen, Hindernisse im Alltagsleben zu überwinden, Unwägbarkeiten und Stolpersteine? Indem er sich auf den Einsatz berief, der zur Erlangung des Wohlergehens im Jenseits erforderlich sei, hatte er in Wirklichkeit zu den Waffen geblasen, damit seine Gesellschaft die Segnungen bereits in dieser Welt erlangte. Eine echte Plage heute, eine echte Plage schon damals, als diejenigen, die des Friedens und der Vernünftigkeit auf dieser Welt bedurften, der menschlichen Wärme und Nähe zu ihrer Zeit, als die nach Glück Dürstenden allen Segen der Welt schon damals, schon in diesem Leben erwarteten, denn ein anderes, ein zweites werden sie nicht haben.

Selten trat völlige Stille ein im machtvollen und geräumigen, mit dicker, staubiger Luft bis zur Decke gefüllten Internatskirchenschiff. Unten in den Bänken, kaum zu überblicken, Dutzende von Schülern, ein Gewimmel hin und her schießender unruhiger Köpfe, jedem anzusehen, woran er hing und was er ins

Schülerheim mitgebracht hatte. Schüchtern fuhren sie ihre kaum sichtbaren Flügel aus, etliche schon früh zurückgestutzt, und schwangen sich flatternd und flüchtend ins Licht. Manchmal entstand doch eine fast völlige Stille, die Aufforderung für die sie begleitenden Geister, sich aus den Lüften zu lösen und über ihren Köpfen aufzuflattern, schwankend emporzulodern, auf sich aufmerksam zu machen, ohne sich zu zeigen, nur um auf sich hinzuweisen, sich in der Luftverschiebung anzudeuten. Die Staubkörnchen breiteten sich aus und machten den Raum weit, aber nur wenige fanden sich in diesem Wehen zurecht, nur wenige fühlten sich gerufen, angezogen, angesprochen. Durch den Wirbel und das Gepolter wurden die Geister abgestoßen, für gewöhnlich blieben sie daher zusammengestaucht zu Staubkörnchen, staubförmig wiegten sie sich in der Luft. Wenn er in den Momenten der Stille die Augen schloß und unter den Lidern die alten Orte aufleuchteten, spürte er die Nähe seiner verstorbenen Frauen, der Mutter und der Großmutter. Einmal verlor sich eine Schwalbe durch die Rosette im Kirchenportal, die sie mit jener am nahe gelegenen Stall verwechselt hatte. Sie flatterte durch den Raum bis zum Presbyterium, kurvte dort um die bunten Glasfenster, einen Weg ins Freie suchend, und durchflog noch einige Male das Kirchenschiff. Sogleich war es mit der Andacht zu Ende, aller Augen richteten sich zur Decke und folgten dem Flug. Er erinnert sich der Schwalbe, weil sie plötzlich einen Bogen flog, mitten durch den Geist der Mutter zog und ihn verscheuchte.

Er wartete auf sie, spazierte um die Kirche herum und betrachtete die römischen Steine an der Mauer und die darin eingekerbten, verwitterten Inschriften, aber da sie unbedingt sehen wollte, was es so Besonderes an der Mauer gäbe, nahm er sie bei der Hand und führte sie schweigend zu den eingemeißelten Namen. Sie wußte um seine seelischen Narben, daß sie verheilt und schon vergessen waren, wie er ihr mehrmals beteuert hatte; sie wußte um den Albtraum, der früher auf ihm gelastet hatte und den sie mit vereinten Kräften vertrieben hatten, eigentlich war es sie, die an die Stelle des Albs ihre Liebkosungen und ihren Liebesüberschwang eingesetzt hatte. Den Alb, dieses alte Schreckbild, hatten sie gegen die Liebe in die Waagschale geworfen, ihn durch Liebelei und Spannkraft aufgewogen. So bedurfte es jetzt keiner Worte mehr, sie sah es an seinem Gesicht, daß die Drud ihn wieder gestreift hatte, die er spätestens bis zum Abend loswerden mußte, bevor ihr Schatten von seinem Gesicht gelöscht werden würde. Sie merkte, wie sich die dunklen Linien in seinem Gesicht ums Kennen tiefer in seine Falten eingezeichnet hatten. Lange Zeit schon hatte er nicht mehr von der Drud geträumt und war nicht mehr nächtelang auf und ab, hin und her gegangen, um Buße zu tun für die Sünden und Vergehen. Ebenso hatten sich seine Altersgenossen ihrer mit der Zeit nach und nach entledigt, waren ihr und ihren speckigen Tatzen entkommen, einige als Jünglinge schon vergreist, einige als Alte wieder zum Kind geworden. Was sich bei jedem von ihnen auf der Wanderschaft im Ranzen angesammelt hatte, war aufgebraucht, abgedient und abgerechnet worden, mit Arbeit bitter bezahlt. Sie mußten einiges einstecken, bestanden Proben, verbrannten sich die Finger, holten Versäumtes auf oder weinten ihm nach.

Ihn hatte zu ihrer Zeit die Großmutter vor der Drud beschützt, seine leibhaftige Zeugin, sie hatte in den Kopfteil seiner Wiege die Trotamora geritzt, das Zeichen, das der aufgedunsenen Drud die überdüngte Leibesfülle nimmt oder wenigstens verringert, ihre Wichte zunichtemacht, sodaß schon ein Kind sie vertreiben kann, wenn es im Schlaf seine Linke bewegt. Die Rechte im Schlaf umzubetten hat den gegenteiligen Effekt; ein Winken mit der Rechten würde die Trotamora herbeirufen, um sie sich auf die Brust zu laden. Darum legen gewissenhafte Mütter ihre Kinder zum Schlafen auf die rechte Seite, stützen sie mit Pölstern und hoffen, daß sie sich in der Nacht nicht umdrehen werden. Und deshalb schlafen Kinder tagsüber auf die linke Seite gewendet. Aber das Trotamora-Zeichen kann die Drud nicht abwehren, die unsichtbar, wenn auch kraftlos neben dem Bett kauert und darauf wartet, daß sich irgendwo eine Lücke zeigt. Sie ist eines jener entschlossenen Kraftbündel, die niemals aufgeben.

Die Großmutter konnte das Zeichen gerade noch in die Wiege schneiden, schon damals war sie nicht mehr bei Kräften, mühsam schlapfte sie mit den Pantoffeln über den Hofplatz. Die Ärzte, wenn es überhaupt je einen in die Nähe verschlug, gingen damals nicht in die Berge, und wenn es dringend war und es keinen Schnee und keine Lawinen gab, kamen sie mit dem Pferdegespann. Im Winter und bei Regen machten sie grundsätzlich keine Hausbesuche. Auch die Kranken gingen nicht zum Arzt, sondern hüteten daheim die Krankheit und warteten auf den Tod. Die Großmutter war nicht bei Kräften, daher hatte sie die Trotamora schlecht ins Holz geschnitzt, mehr ins Kopfbrett gehaucht als geritzt. Solange er noch ein Kind war, hatte das geholfen, er erinnert sich nicht, daß die Drud jemals auf ihm gelegen wäre. Über andere, die nicht vor der Drud geschützt waren, geht das Gerücht, sie hätten nachts unaufhörlich geweint und geschrien, tagsüber seien sie fortwährend vom Schlaf geplagt worden und hätten vor Schläfrigkeit kleine Augen gemacht.

Der Schaub hatte damals noch keinen Zutritt zu ihrem Schlafplatz, und ihr Bett war weder Krankenbett noch Totenbett. Er hatte sich damals aus Stroh und Luftschichten irgendwo in der Nähe des Hauses selbst erst zusammengebaut. Wäre er schon früher erschienen und hätte er sich nur im Fenster gezeigt oder für einen Augenblick in einem Winkel der Stube aufgeleuchtet, sich wie zur Probe in eine Ecke gestellt, um die Eignung des Standorts zu prüfen, die Entfernung zum Bett der Großmutter und den Winkel zu bestimmen, die Lage zu beurteilen, so hätte die Kranke schon vorher ihre Kraft verloren und die Trotamora gar nicht mehr in die Wiege einritzen können. Der Schaub, der Matilda, der Tödin, zur Hand gegangen und später beim Abschied der Großmutter behilflich gewesen war, hatte die Großmutter zum Glück einsichtsvoll geschont, weil es keine andere Frau im Haus gab, er bewies strohigen Edelmut und hatte auch Nachsicht mit ihm, damit ihn die Großmutter mit der Wegzehrung versehen konnte. Seine Sendung erfüllte er dann zur Großmutterzeit, nicht viel später tobte er sich bis zum Äußersten an ihr aus und zeigte sein wahres Gesicht, das kein Gesicht war, sondern eine gesichtslose Mißgestalt aus zusammengeballtem Stroh ohne irgendwelches Geschau. Dann beruhigte er sich und söhnte sich aus, wonach sein modriges Stroh zerfiel und die Luftschichten wieder in alle Richtungen verflogen, das Stroh zerstreuten und zugleich die Seele der Großmutter verwehten, mit Leichtigkeit auch diese ausgetrocknete Krume verwehten, die Handvoll angehäuften, zusammengeballten erdigen Staubs.

Großmutters Trotamora hatte nicht genug Kraft für alle Zeiten, ihre Beschwörungen galten nur für sein Kindesalter und wurden an der Schwelle zum Internat unwirksam. Als sich der Alb unter den Schülern bemerkbar machte und auch über ihn herfiel, gab es die Großmutter längst nicht mehr, um ihn neuerlich zu beschreien. Im Eisenbett des Internats wäre auch kein Platz für irgendein Zeichen gewesen, und der Rektor und die Präfekten hätten es nicht erlaubt, ein Täfelchen am Kopfteil des Bettes anzubringen. Die Bannsprüche aus ihren Zeiten waren längst verblaßt und vergessen. Die Großmutter, zwar kundig im Unermeßlichen und Unwägbaren, eine Sachverständige und Meisterin ihres Fachs, hatte nicht die Gabe des anhaltenden Besprechens. Ein schlimmer, verhängnisvoller Fehler passierte ihr aber auch mit der Asche.

Sie hatte die Angewohnheit, die Asche auf den Beeten, über den Acker und auch auf einem Rasenstück am

Hofplatz zu verstreuen, wo das Gras nicht anwachsen wollte. Von dem Tag an, als die Mutter abgeführt wurde, hörte die Großmutter mit der Asche auf und stellte das Aschestreuen ein. Aber das hätte sie nicht tun dürfen. Durch das Aschestreuen hatte sie das Unglück vom Haus ferngehalten, hatte sie all das vertrieben, was sich noch versteckt hielt, mit der Asche bändigte und hinderte sie es daran, schon nächsten Morgen an die Tür zu klopfen. Mit der Asche gab sie Vorzeichen, kam der Zeit zuvor, durch das Streuen sah und ahnte sie den diesen Lauf der Dinge voraus. Ähnlich wie ein Baum, dessen Schatten vor ihm geht und der den Schatten vorauswirft: Der Baum ist noch nirgends, den Schatten aber wirft er schon. Ihr war ein Fehler zugestoßen, sie war nicht mehr ganz bei der Sache gewesen, Augenschlieren hatten ihr die Sicht getrübt. Mit der Asche ist nicht zu spaßen, in jedem Körnchen steckt ein Feuerkeim, aus dem sich schnell ein Brand entwickeln kann. Die Großmutter beherrschte zwar das im Aschekorn eingeschlossene Feuer, damit es nicht wie eine Fackel aus dem Keim hervorschoß, aber sie konnte nicht auf weite Entfernung, konnte nicht die weiter entfernten Feuer bannen, die in ihren Visionen und Ahnungen, nach ihren Berechnungen bereits in den Krematorien brannten. Ohne Verzug forderten diese unersättlichen Ofenschlünde Nachschub, Fütterung, unaufhörlich neue Nahrung, sie verlangten ununterbrochen nach frischem Menschenfleisch. Durch das Ausstreuen der Asche schränkte sie die Sichtbarkeit ein, verhinderte sie, daß das unaussprechliche Leiden in ihren Alltag einsickerte, daß die fernen, unermeßlichen Orte sich angelweit öffneten und sich vor ihren Augen enthüllte, was dort geschah. Mit der Asche nebelte sie den Horizont ein, damit die Sicht nur bis dorthin und nicht darüber hinaus reichte, denn das Auge, das über den Horizont vordrang, begab sich ins Grenzenlose, wo es sich verlor. Indem sie die heimische Asche verstreute, nahm sie den Daheimgebliebenen Sicht und Gehör, verstopfte ihnen die Nase, damit sie nicht aus der Weite den Gestank vom verbrannten Menschenfleisch wahrnahmen; mit dem Streuen der Asche vergällte sie ihnen den gerade hier, in diesen Bergen, schon beeinträchtigten Geschmack, damit er nicht völlig verunkrautete. Alle Tage streute sie die Asche, die in sich die Geschehnisse der Vorzeit barg und sie vorweg in sich band, damit sie nicht näher herankamen, doch an jenem Tag hörte sie mit dem Aschestreuen auf und machte dadurch den Geschehnissen den Weg frei. Die Großmutter hat sich nicht schuldig gemacht, sie hat sich ohne Falsch das Falsche auferlegt.

Seit damals hatte sich unübersehbar ein Wechsel angedeutet, alles begann sich irgendwie umzugestalten, sich glatterdings umzukehren, das Ende schob sich an den Anfang, der Anfang vermengte sich mit dem Ende. Nichts ist beständig, alles lebendig Vernünftige stellt sich allmählich auf den Kopf und macht sich selbst zum Trottel, Panik ergreift die Menschen und raubt ihnen das Urteilsvermögen, unterhöhlt die Solidarität, zersetzt ihr Vertrauen. In solchen Zeiten ist es für jeden besser, sich gefühlsmäßig an niemanden zu binden und hinzunehmen, daß sich die bestehenden Bindungen lockern und abkühlen, so wird es nicht schmerzen, wenn Bindungen in Brüche gehen. Der böse Geist wacht über ihnen. Vielleicht gibt es später einmal, wenn der Schlange der Kopf zertreten wurde, eine Möglichkeit, die gestundeten Bindungen zu erneuern und fortzusetzen, auch wenn alles anders sein wird und nichts mehr so, wie es gewesen ist. Noch eher wird er mühsam zusammenfügen, was der Unfrieden zersprengt, entfremdet und verändert hat. Versöhnung wird es keine geben, weil es sie nicht geben kann, denn der Engel der Gerechtigkeit wird in der Größe eines Sperlings die Täter verfolgen. Die Schuldtragenden wird er nicht mit dem Schwert schlagen, mit der Gerte wird er diejenigen ein wenig streifen, die sich nicht rechtzeitig verstecken konnten.

Es stellte sich heraus, daß die machtlose Großmutter mit ihrem Tschira-Tschara-Zauber nicht viel ausgerichtet hatte, das Ärgste hatte sie nicht verhindern können. Scharen von Frauen mitsamt ihren Kindern wurden in Viehwaggons gepfercht und weggebracht, Frauen und Kinder jeden Alters. Sie gab das Aschestreuen auf und machte die Lage nur noch schlimmer. Zwar hatte sie Matilda, die Tödin, ein wenig aufgehalten, aber nicht vertrieben. Auch jetzt war es für den Schaub noch nicht Zeit, als Hochzeiter aufzutreten. Dabei war der Schaub keine heimtückische Natur, denn er trat dem Menschen von Angesicht zu Angesicht entgegen, nie in seinem Rücken; von vorne stellte er sich dem Menschen, so sollte ihn die Großmutter zu ihrer Zeit erleben. Es kam ihr nicht in den Sinn, daß er sich nur für sie aufhob und sich ihr mit allem ergab, ihr allmählich ganz nahe kam, mit seinem Stroh raschelte und sich auf sie einstimmte, damit die Ohren sich an das feine Knistern des Strohs gewöhnen konnten. Natürlich wußte sie nicht, ahnte nicht einmal, daß sie es mit ihm bereits zu tun gehabt hatte, als sie einander vor Kurzem auf dem schmalen Bergsteig begegnet waren, die Großmutter auf dem Heimweg, mit dem Reisigbündel auf dem Rücken, der Schaub, einige Zeit ihr bereits auf den Fersen, verborgen im Geäst eines Busches. Von Gebüsch zu Gebüsch schwingend, bog er die in den Steig ragenden trockenen Äste genau in dem Moment über den Weg, als sie vorbeikam, sodaß sie sie mit der Hand beiseite schieben mußte, um sich nicht das Gesicht aufzukratzen. Aber so, wie sie lebte, war sie sich sicher, in ihrer Stunde würde keine Meute böser Geister über sie herfallen.

Auch der Vater taucht in der Zeit der Wiege und in einzelnen Momenten umrißhaft auf, bald ist er da, bald nicht, jede Szene ist ein kurzes Aufleuchten. Später vervollständigten sich die Konturen des Vaters mit Stoffen veränderlicher Art, das Wesen des Vaters ist von ungewöhnlicher Natur, sein Körper ist bald eine handfeste Masse aus Fleisch und Knochen, bald eine Art immaterieller, durchlässiger Schleier, der manchmal von einer grauen Krähe krächzend durchflogen und durchmischt wird. Dasselbe geschieht mit ihm. Wenn er aus verstümmelten Erinnerungen den Vater nachahmt und in kindlicher Wißbegier seine Bewegungen und Gewohnheiten wiederholt, seine Wortlosigkeit imitiert, ist auch sein eigener Körper einmal ein fester Stoff, einmal ein schaumiger Schleier. Erst jetzt, in einer der Nächte, als es wieder von seinen Nägeln blitzte, faßte er Mut und trat an ihn heran, um ihn zur Antwort herauszufordern. Früher hatte er sich nicht so heldenhaft gezeigt. Da war kein Hut bei der Hand, den er sich schneidig aufsetzen hätte können.

Erst jetzt, nachdem er schon einige Zeit lang im Grab liegt, hat er sich ihm vorgestellt, hat er auch dem Vater, dem Herrn der Säge und der Axt, die Möglichkeit geboten, das Werkzeug aus der Hand zu legen und sich selbst vorzustellen. Sie hatten einander noch nicht gesehen, noch nicht gehört, noch nicht zu reden begonnen. Die Dinge waren ungesagt geblieben, einige davon verblieben unaussprechlich in ihrer Zeit und am Ort des Geschehens. Er war zutiefst überzeugt, daß er dem Vater immer und in allem gehorcht hatte, und erinnerte sich nicht, ihm auch nur ein einziges Mal ungehorsam gewesen zu sein. Offenbar hatte diesen Widerstreit zwischen seiner Unschuld und der Beschuldigung durch den Vater zufällig die Firmung zutage gebracht; ein seltenes, aber großes Ereignis im Markt, das unvermeidlich in einen Marktfeiertag überging. Die Firmung war für ihn keine kleine Sache. Die Firmlinge wurden in ein neues Gewand gesteckt, in neue Schuhe, und durften hochtrabend mit der Kutsche durch den Markt fahren. Die Firmpaten schenkten ihren Schützlingen Armbanduhren zur Erinnerung an das einmalige Ereignis, und als Gegenstand mit Garantie, in deren Folge dem Firmling die Dankbarkeit bis zum Tod nicht mehr aus dem Kopf ging. Auch er wollte eine Uhr haben, auch er wollte sich mit der Kalesche durch den Markt kutschieren lassen, wollte mit der Uhr am Handgelenk protzig über den Hofplatz stolzieren. Als der Pfarrer die Firmlinge versammelte, erwartete ihn der Vater vor der Kirche, um ihn anzumelden. Auf die Frage des Pfarrers nach dem Benehmen des Knaben, seinen Verdiensten und Vorzügen, erwartete er, daß der Vater die Wahrheit, die Wahrheit über ihn, gerade vor dem hochwürdigen Herrn, der als höhere Macht galt, bestätigen und ihn vor ihm loben würde. Der Pfarrer, damals voll freundlicher Worte, sagte, er sehe es selbst und wisse wohl, daß er ein gutes und fleißiges Kind vor sich habe, der Vater hingegen, daß der Bub ungern gehorche. Die Äußerung des Vaters, eine unnötige und völlig unbegründete, einfach so dahergeredete, empfand er als Verrat. Auch wenn sie der Wahrheit entsprochen hätte, viel eher lag es nahe, sich einer Lüge zu bedienen, diese Notlüge hätte niemandem geschadet. Die Äußerung des Vaters gefährdete seine Firmung, konnte sie unmöglich machen, sogar verhindern, nichts wird es mit der Armbanduhr, wer nicht gehorcht, ist der Firmung nicht wert und verdient die Uhr nicht. Die Firmung mußte man sich durch Lernen hart erarbeiten, in öffentlicher Abfragerei und durch christliches Beispiel von der Wiege bis zur Fibel. Die Firmung war vorbei, und sie fiel in allen Einzelheiten dem Vergessen anheim, die Aussage des Vaters ist geblieben und flimmert immer noch vor seinen Augen. In Erinnerung blieb auch das Gewand, das sich schön an den Körper schmiegte. Uhr bekam er keine, dafür aber ein großes Paket mit Süßigkeiten.

Er hat erkannt, daß er einen Vater hat, selbst aber zweifelt er, ob auch dem Vater von ihm erzählt worden ist. Die Wiege rettet ihn, sie war ein Produkt seiner Hände, er hatte sie selbst gezimmert und zusammengebaut, nach dem Urteil der Großmutter ein schmuckes Werkstück, da er sich schon von klein an im Holzarbeiten geübt hatte. Er hätte sie nicht gezimmert, wenn ihm nicht danach gewesen wäre. Die Holzerei, neben der Landwirtschaft und dem Handwerk die einzige Schule in den Bergen, eine harte Ausbildung in der Einschicht, sie sang Jahr und Tag ihr Lied. Er muß dem Vater in die Augen fallen, um einen Weg in sein Bewußtsein zu finden, um sich zu zeigen und sich vor ihm aufzubauen, einen Platz zu finden, wenn schon nicht im Mittelpunkt, dann wenigstens am Rande seiner Existenz. Der Vater hatte immer irgendein Werkzeug in der Hand. Er wird sich vor ihn hinstellen und vor seine Augen treten, sobald er das Werkzeug aus der Hand legt. Aber es hat sich nie ergeben, alle Gelegenheiten schlugen fehl und verpufften: die Aussaaten, das Einbringen der Wintervorräte, das Herrichten von Einstreu für das Vieh, es waren verlorene Gelegenheiten.

Bei der letzten Mahd, bevor er von daheim wegging, wäre sein Vorhaben fast geglückt. Sobald sie beide eine Schwade noch gemäht hätten, nur die eine Reihe noch, bevor dann der Vater die Sense wieder ins Gras treiben würde, wollte er sich ihm in sein Gesichtsfeld drängen. Er setzte zum Reden an, doch völlig unerwartet entschloß sich der Vater mitten in der Schwade, die Sense zu dengeln. Er drängte sich nirgendwo auf, es war ihm nicht beschieden. Wenn der Vater vom Tisch aufstehen und in den Stall gehen wird, den Wagen auf die Tenne ziehen, irgendwas sagen wird oder auch nur husten, wird er den Moment nutzen und ihn anreden, sich vor ihn hinstellen. Nichts dergleichen ist jemals geschehen. Der Vater war immer in die Arbeit vertieft, deren Erfolg auf dem Schweigen beruhte. Nur zwischendurch, wenn Leute auf Besuch kamen, da verstieß er selbst gegen diesen Urgrund seiner Leistungsfähigkeit, nahm sich Zeit und ließ sich auf ein kurzes Gespräch ein, sonst brachte er nichts über die Lippen. Leeres Gerede und weibliche Beredsamkeit trieben ihn zur Weißglut. Weigerung und Ablehnung brachte er mit dem Wörtchen »ne« zum Ausdruck, und das hackte er so knapp ab, daß er den Selbstlaut nur ja nicht überdehnte. Wenn es um eine bedeutende Sache ging, fügte er dem Wörtchen »ne« noch das Wort »niemals« hinzu, aber der Gipfel der Absage war das Wort »bogprenesi« (gottbehüt), bei dem er die Stimme hob. »Bogprenesi« war das schärfste Verbot, gleichzeitig Drohung und Warnung, und vernichtendes Urteil zugleich. Bei diesem Wort war man in Gefahr oder nahe daran; und es lag nur noch an einem selbst, ob man mit heiler Haut davonkam.

In solchen Momenten verwandelten sich immer alle beide, ohne ein Wort zu sagen, und jeder in seine Richtung gewandt, in zwei nichtmenschliche Gebilde, jeder in das eine, welches das andere durchdrang, ohne daß eines das andere gestreift hätte. Zwei Nebelflecken, die sich nicht einer neben dem anderen verkneteten, sondern einer durch den anderen, ohne einander zu berühren. Obwohl beide ertastbar gewesen wären, wo doch die Nebelfeuchte einen spürbaren Abdruck auf der Haut hinterlassen haben müßte, geschah es nicht.

Die Verbindung mit dem Vater hätte er nur bei der Arbeit herstellen können, beim Übergang von einer Arbeit zur anderen, in den Zwischenräumen, wenn eine Arbeit aufhört, Arbeit zu sein und nur noch ein leerer Sack ist, nur noch ein hungriger Darm. Ebenso hätte der Vater nur während der Verschnaufpausen Kontakt mit ihm aufnehmen können, bevor er sich an die neue Arbeit gemacht oder die alte fortgesetzt hätte. Die Herstellung von Nähe wäre nur in Arbeitskleidung möglich gewesen, nie im Feiertagsgewand. Weder der eine noch der andere hätte die Verbindung in einer ruhigen Stunde herstellen können, während der Mußestunden, in der Ruhepause, bei Tisch sitzend, weil solche Treffpunkte eine zu große Nähe bedeutet hätten, zu wenig Sicherheit, ein zu starkes Ausgesetztsein. Nichts wäre bei der Hand gewesen, was man notfalls hätte dazwischen stellen können. Vorbei sind die Gelegenheiten, jede einzelne versprach Erfolg, keine einzige machte ihn wahr oder führte ihn herbei. Nun ist die Arbeit zu Ende, die zwei Nebel haben aufgehört, einander zu durchdringen, der Vater arbeitet nicht mehr, wetzt nicht und feilt nicht und setzt keinen Stiel mehr ein, angebrochen sind die Zeiten der Werkzeugniederlegung und Ruhe, jetzt gibt es keine Übergänge, Pässe und Übertritte mehr.

Er wählte eine Zeit, als die anderen schon vom Schlaf geplagt wurden und sich keine Menschenseele mehr auf dem Friedhof befand, in der späten Abenddämmerung wird kaum noch wer mit Blumen zwischen den Gräbern auftauchen. Er wird ihn nicht schonen. Zuerst wird er ihm seinen Verrat vorhalten, dessentwegen sein Ansehen beim Pfarrer ins Wanken geriet, dann den Gang zum Schneider im Markt, als der Vater ihm neue Hosen bestellen ging. Er erinnert sich, wie er sich auf das Kleidungsstück gefreut hatte, nach seinem Maß gefertigt, und wie stolz er vor die Altersgenossen treten würde. Er hatte sich das Haus des Schneiders auch deshalb gemerkt, weil sich später genau dort im Markt der Arzt angesiedelt hatte, den sie oft aufsuchen mußten und wo sie immer wieder mit einem unangenehmen Gefühl konfrontiert wurden. Das Haus erinnerte ihn an Unglück, wann er auch dort vorbeikam. Damals stellte er in Hosen noch nicht viel dar, und noch das Wenige mußte mit etwas bedeckt werden, ohne Hosen ging es nicht. Der Vater brachte ihn zum Schneider, um ihm die Hose anmessen zu lassen, und verlangte, daß es Dreiviertelhosen aus Barchent sein sollten. Diese würden lange halten, nicht nur seine Nacktheit bedecken, sondern alle Kinderjahre, und auch noch recht kommen, wenn er aufwachsen und erwachsen sein würde, dienstbar aber würden sie ihm zu werden beginnen im Herbst, in der Schulzeit. Wenn schon Hosen aus der Schneiderwerkstatt, dann solche für alle Jahre. Und wirklich fertigte der Schneider einzigartige Hosen an, wie sie die örtliche Bekleidungswelt noch nie gesehen hatte, ganz eigene, erfundene Barchenthosen, die eine Spanne unter den Knien aufhörten. Solche Hosen trug niemand, sie waren nicht kurz und nicht lang, sie waren für nirgends zu gebrauchen. Damals war er noch feucht unter der Nase, aber er wußte genau und empfand es bitter, daß es für ihn eine Katastrophe war. Wann immer er in diesem verhunzten Gewand im Markt erschien, war ihm, als müßte er sich vor Scham in der Erde vergraben. Nicht einmal für zu Hause taugten sie, und schon gar nicht in der Öffentlichkeit. Der Vater hatte ihn der Verachtung preisgegeben, denn was er trug, waren keine Hosen, sondern eine Stümperei, nichts Halbes und nichts Ganzes. Der Schande konnte er nicht entkommen, da er ja niemals so hoch über sie hinauswachsen konnte, daß sie über den Knien enden würden, selbst wenn er wüchse, wie er wollte.

In der Kindheit gefangen, konnte er der Schande damals nicht entfliehen, er würde sie halt tragen und sich daran gewöhnen müssen. Auf eine Rettung durch irgendein Unglück oder daß ihm ein Wunder geschähe, war nicht zu hoffen. Zu eng geschnitten, ließen sich die Hosen auch nicht aufstulpen, und wenn, wäre es der gleiche Schmarrn gewesen: Die Füße würde er bei Schönwetter ebenso einen vor den anderen setzen wie bei Hochwasser, umherstapfen mit angezogenen Knien und gegrätschten Beinen. Irgendwie gelang es ihm, die Hosen als eine unveränderliche Gegebenheit hinzunehmen und sich ihnen mit der Zeit schlecht und recht zu entziehen. Zehn Jahre später brachten sich ihm die Dreiviertelhosen nicht nur wieder in Erinnerung, sondern bekamen ihren eigenen, einen anderen Wert (Die Unmöglichkeit solcher Hosen zeigt sich schon an der Unmöglichkeit ihres Namens, »tričetrtinkarice«, und am Holprigen seiner Aussprache).

Er reiste in die ferne Stadt ab, wo weit und breit Mauern waren und ein Meer von wogenden Dächern, er befand sich in der Fremde. Er mußte sie ausprobieren, er mußte an Klugheit zulegen, unbedingt größer als die einfältige in seinem Dorf, er mußte seinen Geist festigen. Er machte sich auf den Weg, den einst seine Vorgänger gegangen waren, die aufgeweckten, wach werdenden Jugendlichen aus der Umgebung, die Halbwachen, auch schlummernd kommt man irgendwohin, aber auch solche, die auf ein bloßes Abenteuer aus waren und die ihnen auferlegten Lasten nach und nach abschüttelten, alle glücklich, von daheim wegzukommen. Die meisten kehrten wieder zurück, bewandert und ausgestattet für das Leben, einige verloren sich, andere, auf eine falsche Spur gebracht, verwirkten sich selbst. Eingespannt in reizende städtische Muster und Modelle, gelang es ihnen nicht mehr, sich davon zu lösen, alles kochte und brodelte und sogar die Dächer schlugen Wellen. Einige schafften es gerade noch. Nicht sie bewältigten die Fremde, sondern die Fremde bewältigte sie. Und sie tat nicht allen gut. Zu Hause machten die Berge das Tal eng, schränkten den Blick ein, hier lockte die Offenheit der Stadt in alle Richtungen, forderte den Menschen heraus, der die Weite nicht gewohnt und in der Freiheit ungeübt war, an die heimische Wiege geklammert, mit beschädigtem Selbstbewußtsein, mit belastetem statt informiertem Geist. Die Stadt bot die schwer erwartete Gelegenheit, Enge und Beklommenheit abzulegen und gegen Überschwang und Wagemut zu tauschen.

Aber er wird nicht nach den Spuren anderer suchen, er wird sich dem Gefühl der Verlorenheit aussetzen, um zu sehen, ob sie ihn aus dem Gleichgewicht bringt, ob er sich in ihr zurechtfindet. Er wird sie prüfen müssen, zulassen, daß ihn die Fremde auf die Probe stellt. Das Mädchen unten auf der Wiese vor seinen Augen, war es ihm nicht gleichgültig, wie er bestehen und vor sie hintreten würde. Rasch zeigte die Fremde ihre Zähne. Im Handumdrehen war die Wegzehrung aufgebraucht, der Mangel an Materiellem beängstigte ihn, der Hunger meldete sich. Er trug bei jedem Wetter ein und dieselbe Kleidung, und plötzlich dachte er mit Wehmut an den Tag zurück, an dem er und der Vater in den Markt gegangen waren, um die unaussprechlichen Hosen anzuprobieren. Jetzt wären sie ihm willkommen, stolz hätte er sich in ihnen gezeigt. Daheim lag das Brot in der Tischlade, man brauchte es nur anzuschneiden, in der Stadt duftete es nur nach Brot. Der Geruch tat der Nase gut, aber er war ein Unglück für den Magen. Die Äpfel auf dem Marktstand am Gehsteig lächelten ihn an. Es war ihre Schuld, sie hätten nicht so aufdringlich auf ihn gerichtet sein dürfen, so verführerisch. Als er am Stand vorbeieilte, rutschte ihm der eine oder andere von selbst in die Tasche, vom Strudel erfaßt, wie bei einem Windstoß, wenn er ein Blatt vom Zweig reißt. Den Apfel hatte es vom Stand weggesogen, mit so mächtigem Zug, daß die Finger kaum die Frucht berührten. Auch andere Eßbarkeiten waren in Gefahr, was hatten sie sich auch dem Sog auszusetzen. Kessel mit abzuschälenden Erdäpfeln heilten ihn von der Fremde. Eines Tages entließ ihn die Fremde, nie wieder schmeichelte sie ihm.

Er zögerte nicht und stellte sich vor dem Grabhügel auf, mit nicht sehr großem Abstand, zwischen den Reihen war wenig Platz zum Stehen, und wie von selbst lösten sich die Szenen aus. Rasch begannen sie sich abzuspulen, obwohl es niemand irgendwohin eilig hatte, sein Bein, in Kontakt mit dem Boden und im richtigen Winkel zum Mittelpunkt des Grabes in Stellung gebracht, wirkte wie ein Auslösemechanismus. Verwundert, mit welcher Leichtigkeit sich das Geschehen vor ihm abspielte, blieb er nur stehen und brauchte nicht einmal den Mund aufzutun. Sogleich verlor das vorbereitete Bündel von Absichten sein Gewicht und löste sich auf. Von den Schultern fiel ihm die Last der Rede, das Einkleiden ungelöster Aufgaben in Worte. Was sollte er sich wundern, hat doch auch der Geist des Vaters, auch er auf Versöhnung und Frieden aus, das Spiel durchschaut und ist ihm zuvorgekommen. Der Geist des Vaters hatte sich zu einem wahrhaftigen jenseitigen Geist entwickelt und der Vater zu einem echten Jenseitigen. Alle Zeiten lagen versammelt vor dem Vater, solche, die er mit Anstrengung nachholen mußte, und solche, die er bereits hinter sich hatte. Nur vor ihm klaffte ein Zeitloch, nicht die Spur einer einzigen Sekunde war etwas zu bemerken. Der Vater bleibt nicht zurück, als Geist weiß er alles in einem Augenblick, erkennt er alles zugleich und einzeln, auch das, was er nicht gewußt und im Diesseits nicht kennengelernt hat. Jedem Analphabeten ist nun jederzeit alles zugänglich, er braucht nicht lesen zu können, weil alles auf der Hand liegt, alles offen vor ihm ausgebreitet, nach Zusammenhängen gegliedert, alles übersichtlich in kleine Teilchen zerlegt.

Es wäre zu viel gewesen, dem Verstorbenen, dem Vater, aufzuerlegen, sich mit der Angelegenheit am schwierigsten Ende zu befassen und sich der Kriegszeit zuzuwenden, den Schützengräben, denen er gerade noch entronnen war und wo seine Genossen elendiglich umgekommen waren. Sind ihm die Zehen abgefroren, ist das Blut im norwegischen Frost, um nichts schlechter als der sibirische, zu Eis geworden, sodaß sich im pochenden Schmerz doch noch ein Leben in ihm bemerkbar machte? Es glomm und entfachte sich erst wieder, als er heimischen Boden unter den Sohlen spürte. Sind die brennenden Erfrierungen jener, die nicht im Schnee erfroren, denn nicht Anstoß genug, um unaufhörlich, bis zur Erschöpfung, Sturm zu läuten und jeden vor dieser abscheulichen Mördergesellschaft zu warnen, laut vor ihrer erbärmlichen Niedertracht zu warnen, mit gottbehüt zumindest zwei oder drei Menschen gegen dieses inhumane Denken zu beschwören? Kein noch so grausamer und roher Ausdruck trifft den Kern dieser Denkungsart, jedes Wort, welches das Teuflische daran beschreiben wollte, macht sich nur lächerlich. Verlangen die von den Erfrierungen juckenden Finger etwa nicht Tag und Nacht, wenigstens Pferd und Reiter zu benennen, jene, die Brand und Verwüstung hinterlassen haben, Trauer und Tote zuhauf? Heute ist es umgekehrt, die verbrecherischste Nation hält sich heute mit Recht für die vorbildlichste, sie hat Reue getan, die Reue der anderen läßt noch auf sich warten. Der Vater ist dem und allem ausgewichen, doch das eine Mal ließ er es geschehen, eingegraben im Schnee, daß ihm ein heimisches Antlitz näherkam und er es ein, zwei Sekunden mit seinem Blick festhalten konnte. Oder hat er es lieber verscheucht, in den Frost verschlagen? Und was war mit dem Mädchen des Vaters, hatte er sie zum ersten Mal auf einem Bauernball gesehen, und trug sie ein Band im Haar, bereits auf dem Wege, seine Frau zu werden und das Kind zu gebären, dem er später die Wiege zimmern würde? Konnte er sich vorstellen, als die Züge beim Militär vorbeifuhren, daß auch sie in einem der Viehwaggone sein würde? War er in der Nähe, sah er von Weitem zu, als die Waggone entladen wurden, und hatte man ihm erzählt, hatte er es mit eigenen Augen gesehen, wie die Kolonne dann zu Fuß zum Lager zog? Hatte er sie in der Menge erkannt? Waren nicht auf allen Friedhöfen der Welt noch Legionen von Begrabenen aus Schuld und Scham um einen Klafter tiefer in die Erde gesunken?

Dieser Abend vor dem Grab vergegenwärtigte ihm auch das Dahinsiechen des Vaters nach dem Krieg, und gleichzeitig die materielle Verarmung. Solange ihn die Beine trugen, behielt der Vater seine bescheidene Habe bei sich; als er hinfällig und bettlägrig wurde und wußte, daß man ihn von da wegtragen würde, begann sich sein Besitz zu verringern. Seltsam war, daß die Habseligkeiten des Vaters ständig und von selbst schwanden, seit der Altersrente war von ihm mit jedem Tag weniger da, kurz vor dem Tod erreichte er den Boden. Im selben Maß, wie seine Wangen einfielen, verflüchtigte sich auch sein persönlicher Besitz. Wohlhabend und verschwenderisch war der Vater nie gewesen, mit seiner Arbeit bestritt er den Unterhalt für seine Leute. Es reichte für die laufenden Kosten und den Tabak, er hatte kein Bedürfnis nach Einkäufen und Anschaffungen, am Ende bestand seine Habe nur aus der Holzerrente und einigen persönlichen Gegenständen, ein paar abgetragenen Kleidungsstücken, das Schuhzeug hatte sich inzwischen auf die ausgelatschten Pantoffel reduziert. Er gehörte nicht zu denen, die glauben, daß sie um genau so viel, wie viel sie zusammenraffen und anhäufen, auch ihr Leben verlängern werden. Noch weniger gehörte er zu denen, die nach Fremdem gegiert haben und sich am Ende schwer und nur widerwillig und im Zorn von allem verabschiedeten, sondern zu jenen, die bestohlen, abgeräumt und geschröpft wurden. Er muß sich selbst über die Leichtigkeit gewundert haben, mit der er starb. Unter den Bestohlenen war er einer, der nicht wußte, daß er bestohlen wurde und verarmt war und daß er nichts hinterlassen konnte. Abgenommen wurden ihm die Sorgen um Besitz, im Wissen, daß Vermögen in dieser Stunde und in diesem Zustand unnütz ist, zur Last fällt und hinderlich ist. Nicht schlimm, wenn man ihn von sich aus und im Geist des Hauses, in das er eingeheiratet hatte, verarmen ließ, im Gegenteil, hat man doch ein gutes Werk getan, ihn vor dem mühsamen und pedantischen Aufräumen bewahrt und von allem weltlichen Zeug entlastet. An seiner Stelle haben die anderen vorsorglich und vorbeugend die Angelegenheiten bereits zu einer Zeit erledigt, als er ihnen noch selbst gewachsen war.

Der Vater ist Geist und weiß es, daß man ihn zu Lebzeiten nicht oft zu Wort kommen ließ, wie auch er selbst nicht redselig war. Nach seinem Vorbild haben auch die Kinder keine Fragen gestellt, weil sie sich vor den Antworten fürchteten; die Erwachsenen aber antworteten aus Sorge nicht, damit sich in den Kindern nicht die Redseligkeit einnisten und Geplapper und Geschwätz festsetzen würden. Wer plaudert, der zaudert. Es war nicht die Ruhe vor dem Sturm, die Ruhe war der Sturm, der Sturm tobte sich aus in Stille und Stummheit. Seine Vorfahren haben noch mit den Dreschflegeln knirschend das Getreide bearbeitet, mit Baumstangen das Obst von den Bäumen geschlagen, die Ochsen eingespannt, die heiligen Nothelfer und Nothelferinnen heute für Regen, morgen für trockenes Wetter gequält und daß es übermorgen mit dem Wetter vorbei sein möge. Weder Bergwind noch Talwind waren imstande, die zwischen den Bergen eingeschlossene Luft zu verblasen und zu verjagen. Hat der Vater selbst eine Gelegenheit gesucht und hat er es aufgegeben, weil es keinen Menschen gab, der diesen Namen verdient hätte? So wenig weiß er über den Vater, daß er eigentlich nichts über ihn weiß. Es bewahrheitet sich, daß er auch über die Mutter nichts weiß und daß er über beide nichts mehr erfahren wird. Doch wie es sei, kaum hatte er einen guten Standplatz vor dem Grabhügel gefunden und sich auf einen längeren Aufenthalt eingestellt, ging alles wie von selbst. Es genügt schon, eine Sache nur in Betracht zu ziehen, sie braucht nicht ausgesprochen zu werden, nichts muß mit Worten in die Nacht gerufen werden. Mitnichten wird er den Vater auffordern zu reden, jetzt zu sagen, was er früher nicht gesagt hat, als es noch Zeit war, wo doch auch er früher nicht den Mut dazu aufgebracht hat. Vor dem Grabhügel stehend, ging ihm auf, daß sich die Fragen von allein klären, indem er sich ihnen stellt.

Er hat verrichtet, was er sich vorgenommen hatte, getan, was er versäumt und aufgeschoben hatte, sich sozusagen im letzten Moment eingeholt, bevor die Reihe an ihm sein wird. Gutgemacht hat er, was sich aus Schwäche verzögert hatte, in Mutlosigkeit, Zorn und Verdruß, und wozu es freilich schon die ganze Zeit Gelegenheit gegeben hätte. Aber alle Gelegenheiten waren unbeachtet vorübergegangen. Hatte er keine Wahl oder behauptet er nur, keine Wahl gehabt zu haben? Am Begräbnistag begab er sich stattdessen auf den Berg, überließ es den versammelten Gemeindeangehörigen, nach dem Verstorbenen aufzuräumen. Ihre Lebenslust liegt im Begräbnisgehen, denn dabei können sie der Welt die Macht ihres Überlebens zeigen, ihre Enthobenheit und Überlegenheit. Dort freuen sie sich von Herzen über ihre Rüstigkeit, mit erhobenem Haupt werden sie sich ihrer Übermacht bewußt und ergehen sich abfällig über den Verstorbenen, diesen dahingeschiedenen Schwächling, der seinen Lebenswillen nicht durchsetzen konnte. Er hat es der Grube überlassen, in ihrer Körnigkeit mit den körperlichen Schwächen und Gebrechen fertigzuwerden, aller Bresthaftigkeit ein Ende zu bereiten, alle Beschädigungen an Geist und Seele aufzuheben. Die seelischen und geistigen Mängel behebt sie jedoch nur scheinbar, und damit den Leuten Genüge getan wird, denn weder der Geist noch die Seele haften weiterhin am Körper, die Todessense hat beide in dem Moment von der Welt abgeschnitten, als sie den Schnitt ins Fleisch tat. Bis zuletzt haben sich die Leiden mit allen Kräften gewehrt und waren um keinen Preis bereit, nachzulassen, doch jetzt ist ihre Zeit abgelaufen. Sie nährten sich von Menschenfleisch und Menschenblut, an den Knochen hielten sie sich aufrecht, belagerten Gefühle und Verstand und verjüngten sich mit frischem Mark. Gut haben sie vom Fleisch gelebt, den größten Genuß hatten sie am Gewebe eines nur noch halb lebendigen Menschen. Erst die Erde wird die Krankheiten aushungern und auszehren, erst in ihr werden sie vor Durst trocken und zu Erde werden, Humus zu werden beginnen. Darum ans Werk, Aaskäfer, macht euch bereit! Es gibt zu tun, auf euch wartet Arbeit, es wird zäh, bis ihr zur Hirnschale kommt und auch sie noch bekriechen und benagen werdet.

Im Markt unten fuhr man mit Wörtern auf. Unter Anhäufung von Wörtern wurde der Vater in die Grube gelegt und mit ihm ein ganzer Scheiterhaufen aus Unausgesprochenem und Verheimlichtem. Die Stimmeninterpreten, die es verstehen, Rindergebrüll zu übersetzen, wissen die Lautstimmigkeit eines stummen Menschen nicht zu übersetzen und zu bewerten. Tiere auf dem Weg ins Schlachthaus, begleitet von langgezogenem Gebrüll, sagen dem des Lesens der Laute und Stimmen Kundigen, daß die Rinder wissen, was sie erwartet. Gestände man dieses Wissen auch Menschen zu, würde man sie nicht mit Wörtern zuschütten. Wovon das ganze Leben lang zu wenig gewesen ist, von dem war am Ende im Überfluß vorhanden. Mangel an Worten zu Lebzeiten, Überschuß an Worten für den Toten. Umgekehrt wäre es angemessen, umgekehrt wäre es würdig gewesen. Früher die Dürre, jetzt die Überschwemmung, zuvor in der Gischt, jetzt unter der Traufe! Er mußte ihnen aus dem Weg gehen und zog sich vor dem Wortschauer in die Trockenheit der Berge zurück. Die Fülle der Wörter hätte ihn erschlagen, er wollte sie sich nicht mehr anhören, nicht ein einziges Wort wollte er hören. In völliger Stille und Einsamkeit, welchen der Verstorbene von klein auf überlassen worden war und worin er sein ganzes Leben ausgeharrt hatte, hätte man ihn begraben sollen. Schweratmigkeit und Stummheit drückten ihm auf die Kehle, Einsamkeit und Vereinsamung zerbrachen dem Vater die Rede, und es gab niemanden, der es verstanden hätte, sie bei ihm zu erwecken. Deshalb war das Begraben verfehlt und jedes Wort dort zu viel, es hätte nicht geschehen dürfen. Er wich ihm aus, um nicht von diesem Fürbittenschwanz, diesem Ziehen leerer Bälge gestreift zu werden, und um nicht zur Gänze von dem zahnlosen Wortschwall mitgerissen zu werden.

Die Großmutter hatte gezeigt, wie man es macht. Vorbildlich, wie in ihrem Leben, hatte sie auf Matilda, die Tödin, gewartet; ihr zuletzt der kindlichen Obsorge überlassener Leib wurde dementsprechend eines Nachmittags in aller Stille begraben und die Scholle so über den ganzen Erdhügel gebreitet, daß nichts mehr zu sehen war. Auch die in Viehwaggone Eingezwängten schwiegen auf ihrem tage- und wochenlangen Transport, der nichts anderes war als ein Begräbniszug im Grabesschweigen, eine Reise besonderer Art. In den Totenwagen nahmen die Lebenden am eigenen

Begräbnis teil, waren wortlos zugegen, waren seine Zeugen. Ist das Leben nicht von Wert, ist nicht von Wert der Tod. Stumm lauschten sie dem Schlagen der Eisenräder unter sich. Es ist anzunehmen, daß die Zusammengepferchten nicht auf die Seitenwände der Waggone einhämmerten, und auch die Gefühlsausbrüche und das Schreien, so viel davon es auch war, sich rasch gelegt haben mußten, im Gestank und in den Ohnmachtsanfällen untergingen, und weil es die Menschen, jeder Würde beraubt, vor sich selber ekelte. Es sind Ereignisse, die es deshalb nicht gibt, weil es keine überlebenden Zeugen gibt, eine günstige Zeit für die Leugner. Die Transporte in den Viehwaggonen hat es gegeben, den Abtransport der menschlichen Fracht in die Schlachthäuser hat es gegeben, weil die wenigen Frauen, die überlebt haben, es bezeugen konnten. Trotzdem wird ihr Zeugnis von den Verfälschern und Leugnern der Geschichte herabgewürdigt, sie verheimlichen es wie die Schlangen ihre Beine, und behaupten, die Frauen hätten sich abgesprochen.

Abgesprochen haben sie sich, aber über anderes. Sie haben sich abgesprochen, um der Welt von den Gefährtinnen, die nicht überlebt haben, zu berichten. Um Zeugnis abzulegen für alle, die auf den Appellplätzen ausgesiebt, in Massengräbern verscharrt wurden und durch das Feuer der Krematorien gegangen sind. Jene, die zurückgekehrt sind, kehrten geläutert und moralisch wiedergeboren zurück. Es ist nichts Böses mehr in ihnen, ausgetrieben wurden ihnen alle Schwächen und Fehler, getilgt ihre Makel, alle Sünden in Gedanken und Werken. Sie haben Buße getan für alle Vergehen dieser Welt, im Voraus auch für die Sünden, die sie erst begehen würden, wenn sie sie begehen könnten. Buße haben sie getan für all das Schlechte, das weder von einer allein noch von allen zusammen in einem ganzen Leben getan werden könnte. Selbst der Allmächtige war einsichtig, er entschuldigte sich bei ihnen, bei jenen Frauen, die ihn zuvor im Namen der Lebendigen und der Toten beschworen hatten, und bat sie um Vergebung, weil er diese Prüfungen nicht verhindert hatte, was er in seiner Allmacht hätte tun können, aber nicht zu verhindern wußte.

Die Wege erdklumpig und steil, überwuchert, das ganze Jahr hindurch passiert hier kaum etwas, sie sind verödet und werden erst dann belebt, wenn ein menschlicher Fuß sie betritt. Einst freigehackt und in den Boden hineingestampft, heute nur noch Spuren, hier ein Bänklein oder eine Brücke, da ein Rastplatz, dann die Abzweigung zum verschwundenen Gehöft. Er stieg den Hang hinauf und erreichte den Platz, wo sich neben dem Steig eine wild bewachsene Erhebung befand, ein kaum mehr erkennbarer Steinhaufen eines ebenerdigen Häuschens, ein gerade noch sichtbarer Überrest des Wohnhauses, wo sich alle Gefühle versammelten: Freude, Trauer, Zorn, Angst und Abscheu. Er machte keinen Schritt vom Steig weg, schon die hüfthohen Brennesseln hielten ihn davon ab, sondern stieg noch ein wenig den Hang hinan und setzte sich dort auf einen möbelstückgroßen Stein, der sich seit eh und je auf diesem Platz befand und seinerzeit Bergwanderern als Wegweiser gedient hatte, und zugleich auch als sein Spielplatz. Wo sich heute dort in der Gegend ein Walddickicht befindet, breitete sich früher eine überaus wetterwendische Heuwiese aus. So hoch wie im Sommer die Distel auf der Wiese stand, lag im Winter der Schnee, und so weit im Sommer die Sonne über den Grat in den kahlen Kessel drang, so viel Planen Heu wurden eingefahren. Vor dem Winter fürchtete sich das Haus. Gewöhnlich rastete der Vater an diesem Felsen, wenn die Wiese gemäht wurde und er ihn vorsichtig ausmähen mußte, damit ihm der Stein die Sense nicht schartig machte. Entlang der Wiesenmitte wurde im Winter Holz über die Rutsche am Haus vorbei ins Tal gebracht. Unten, am Ende der Rutsche, hielt der Vater im Schutz eines Baums Wache und paßte auf, daß er nicht von einem aus der Rutsche springenden Bloch getroffen wurde. Er machte sich ein Feuer und wärmte sich; wie einen Trichter setzte er seine Hände an den Mund und gab einmal hinauf-, einmal hinabrufend den beiden Holzern seine Anweisungen. Er erinnert sich, daß niemand das Haus verlassen durfte, wenn die Blöcher vorbeidonnerten. Im Haus waren sie nur halbwegs in Sicherheit, denn ein Stamm, den es in einer Kurve aus der Rutsche warf, konnte leicht die hölzerne, mit Kalk verschmierte Hauswand durchschlagen. Dahinter, im Dunkel der Rauchküche, schiebt die Mutter das Brot in den Ofen, sie lehnt gerade die Backschaufel an die Wand, als es klopft. Warum, zum Teufel, treibt sich der Gendarm noch bei dem Haus umher, das es nicht mehr gibt? Er ist allein, hat sich sein Kollege in den Brennesseln versteckt? So blitzartig, wie die Szene erscheint, so schnell ist sie auch schon vorbei.

Jetzt ist unten im Tal das Begraben zu Ende gegangen und die Teilnehmer lassen sich den Leichenschmaus schmecken. Der Stein mit seinem fest in der Erde vergrabenen Schweigen war der passende Ort, an dem er sich an alles Vergangene erinnerte und sich voll Eifer und nicht zum ersten Mal, darüber wunderte, daß gerade er unwiderruflich da ist, unter jenen Auserwählten, die am Leben sind. Nach welchen Kriterien war er aus der Menge der Samenfädchen ausgewählt worden, aus dem großen Geschiebe, wo jedes einzelne danach trachtete, das andere zu verdrängen. Es beschlich ihn die Angst, sich im Gedränge zu verlieren und in diesem Rummel das Ziel zu verfehlen. Damals setzte in ihm sich das Gefühl der Verlorenheit fest, es fraß sich in den Kern ein, verpflanzte sich in sein Bewußtsein. Eine Angst, die ihm aus der Zeit der Samenfädchen geblieben war und oft Panik und Kopflosigkeit verursacht hatte und die er erst später, als erwachsener Mensch, zu seinem Guten machte. Er fand sich damit ab, daß er sich immer wieder in den Umständen verlieren würde, er hieß es gut und schickte sich drein, daß er unheilbar mit dem Gefühl der Verlorenheit ausgestattet war. Er wird sich nicht um die Dinge drehen müssen, denn die Dinge werden sich um ihn drehen. Anfang und Ende werden sich miteinander verschränken, sich um ihn drehen, für Momente in seiner Mitte verharren. Er hat sich selbst in den Umlauf hineingewühlt und wird dort kreisen, bis ihn der Drall eines Tages aus dem Umlauf wirft. Das ganze Leben wird er es tun, in Ehrfurcht vor dem Leben, diesem Wenigen von dem immer Einen und Selben. Ein Mensch, der jahraus, jahrein, sommers und winters, ein und dieselbe einzige Erde bearbeitet. Ein Wanderer, der von dem steinigen Grund ein und dasselbe einzige Gestein aufliest und sammelt. Ein Schriftsteller, der sein ganzes Leben an ein und demselben einzigen Text schreibt.

Es erschien ihm heldenhaft, sich zu verlieren und sich im Dorf so zu verewigen, sich durch etwas zu unterscheiden, von anderen abzusondern. Im Dorf steckte man die Köpfe zusammen und sprach mit besonderer Farbe in der Stimme über den und jenen, der sich verloren hatte, der arme Mensch, spurlos war er verschwunden, nicht allmählich, auf einmal war er weg, zuletzt sei er dort und dort gesehen worden, und dann nicht mehr. Großes Ansehen genoß und unübersehbar stieg auf der Stufenleiter der allgemeinen Geltung empor, wer den Verschwundenen als Letzter gesehen hatte und Zeit und Ort angeben konnte. Zuletzt gibt es niemanden mehr, der seinen Namen weiß und seine Leute kennt, niemand wird ihn vergessen können, weil keiner von ihm Kenntnis gehabt hat, er interessiert sie nicht, und sie wissen nicht, wer er war, aber alle wissen, daß er verschwunden ist.

An einem solchen Tag bei dem Stein, aus dem die Vorzeit weht, wird ihm bewußt, daß er doch aus einer Gunst des Schicksals und ein wenig auch aus eigenem Willen die Bergluft atmet, wenngleich nur für kurze Zeit; er wird vergehen, der Stein wird bleiben. Von ihm wird es nicht die Spur einer Spur geben, am Stein werden noch immer die Wanderer rasten, die Holzer werden noch immer den verwaldeten Steig am Steinhaufen vorbei aushacken. Nie wird er aus verläßlichem Munde erfahren, ob er aus Glück oder aus Unglück am Leben ist. Ist er nur geschehen, oder wurde er aus Liebe geboren? Unten, im Markt, hat man dem Grab auch jene ungeschriebene geistige Urkunde beigelegt, die den Beweis für seine Entstehung, für seine Existenz lieferte und Antworten auf alle Mutmaßungen enthielt. Wem wird er ähnlich schauen, von wem die Haarfarbe, die Augenfarbe haben? Wozu die Vermutungen, sicher ist, er selbst konstatiert seinen Tatbestand. Er wurde nicht ausgewählt, er hat sich selbst ausgewählt, sich aus dem Schwarm der stürmischen Samenfädchen ausgesondert, schon damals sprungfreudig und kämpferisch und aus dem richtigen Teig gemacht. Allein hat er sich in der Menge der hitzigen Kämpfer durchgeschlagen, geschickt einen dieser unruhigen Heißsporne nach dem anderen abgehängt, um im letzten Moment in das weiche, warme Nest der Feuchte zu schlüpfen, worauf der Riegel vor dem Nestlein vorgeschoben wurde und sich das Rudel der übrigen Samenfäden ausgesperrt fand. Da wetteiferte die Eile mit der Weile. Verworfen wurde die Warnung der Vorfahren, Eile sei gefährlich. Das Gegenteil ist wahr, der Eile hat er es zu verdanken, daß er ist. Und überhaupt, wer sich in der Eile bettet, liegt auch in der Eile.

Sie hatte ihn auf diesem Begräbnisweg nicht begleitet, auf dieser Flucht, wodurch sich der Tag in allem von den sonstigen unterschied, wenn sie zu zweit unterwegs waren. Auch ins Begräbnis mischte sie sich nicht ein, sie hatte ihre eigenen Toten, die sie zu nüchternem Urteil verpflichteten, sie an die alltägliche Wirklichkeit banden. Beide ließen sie einander die Toten, weder lud der eine sie dem anderen auf noch nahm sie der eine dem anderen ab, sie belasteten einander mit ihnen nicht. Die Toten reden selber zu den Lebenden, und die Lebenden antworten darauf, erfüllen nicht die letzten, aber die stillen Wünsche. Das Grab ihrer Mutter, eine Insel der Ruhe, wurde zu einem Ort des Entgeltens. Ihre Mutter hatte einst schön für sie gesorgt, jetzt sorgt sie dafür, daß die Mutter, die Inselbewohnerin, weiterlebt, sich im Licht verwirklicht, in den Blüten, in den Saaten. Am Tag des Begräbnisses flüchtete sie nicht in die Berge, wie er es getan hat, alle Antriebe hielten sie am Ort fest, unvorstellbar, daß sie sich den Riten entzogen hätte. Auch er stand ihr zur Seite, stand in ihrer Schuld, er schuldete ihr die Rückgabe des Geliehenen. Mit seiner Teilnahme am Begräbnis zahlte er sozusagen für den Leihkauf, weil die Entlehnung abgelaufen war. Sie hatte ihm gleich zu Beginn ihre Mutter abgetreten, sie ihm leihweise überlassen, nicht als Ganze, sondern einen Teil, damit er nicht ganz und gar ohne sie wäre, ein wenig aber verkehrte sie sich selbst in seine Mutter und deren Mutterschaft. Ein Mensch muß allein für Gerechtigkeit sorgen und sollte sich lieber nicht auf die Gerechtigkeit anderer verlassen, die schwankend und säumig und behäbig ist und auf schwachen Beinen steht: Seiner Mutter wurde die Länge des Lebens von den Selbsternannten bemessen, die sich für gottallmächtig hielten; ihre Mutter hatte das Glück, daß sie die Tage ihres Lebens bis ins hohe Alter nach ihrem eigenen Willen lenken konnte.

Ihr Elternhaus steht noch immer, aber sie geht dort nicht mehr ein und aus. Sie möchte es so in Erinnerung behalten, wie es zu der Zeit gewesen war, als sie dort aufwuchs und sich das laute, bunte Treiben um sie herum ausbreitete, und wie sie es dann hinter sich gelassen hatte. Noch dazu wurde sie in diesem Haus geboren. Sie möchte nicht, daß die Bilder verblassen, daß sich die Szenen verändern. Sie weiß, die Bitterkeit würde ihr an die Seele gehen, der Seelenfrieden wäre dahin, sowie sie die Türschwelle übertreten, sich die Gegend betrachten würde. Sie nimmt die Schuld auf sich, der Bitterkeit aus dem Weg zu gehen. Menschen aller Altersgruppen, Frauen in langen, dunklen Kleidern, die ernsten Gesichter der Ahnfrauen und Vorfahren treten aus den vergilbten Fotos hervor und tauchen in einem wirren Durcheinander auf, sammeln sich in der Laube, einen Augenblick setzt sich dieser, einen Augenblick jener auf die Fensterbank, biegt um die Ecke, tritt über die Schwelle. Todernste Gesichter sind es, Lächeln und Schmunzeln wurden damals noch nicht abgebildet. Sie tummelt sich um die Mutter und schaut ihr noch heute, aus der Entfernung ihres eigenen Hauses, auf die Finger, sammelt die Geschicklichkeit ihrer Hände in ihre eigenen, weidet ihre Neugier an jedem einzelnen Handgriff. Noch immer laufen sie der Unteren Großmutter entgegen, sobald sie ihrer von fern ansichtig werden. Die Untere Großmutter bringt aus dem Dorf das Wenige vom Wenigen mit, das sie mit ihnen teilen wird.

O weh, sein Haus kann sich nach Zahl der Personen, der Fülle des Lebens, dem Ton im Umgang miteinander und nach dem seelischen Reichtum nicht mit ihrem Haus messen. Auch ihn hat es aufgenommen, seine Bewohner haben ihm gestattet, sich unter sie zu mischen, und ihr den Kopf zu verwirren. Sie war die Erste, die aus dem Haus ging, er kam sie holen und sie ging mit ihm. Damals war das Seelenglück in ihr eingezogen, sie nahm es mit sich, die gute Seele des Hauses zog mit ihr mit. War etwas von dieser Seele auch noch für die anderen geblieben, die dann nacheinander das Haus verließen, es seinem Schicksal überließen? Sie verkehrt dort nicht mehr, weil das Haus noch steht, umgekehrt ist es bei seinem Haus: Er schaut dort regelmäßig hin, weil es das Haus nicht mehr gibt. So hausen die zwei Gebäude, hügel- und tälerweit voneinander entfernt und einander nur nach den Jahren nahe, noch weiter und trotzen dem Wetter. Ohne ein Dach über dem Kopf und ohne Geschichten unter seinem Schutz kann der Mensch nicht sein. Sie schafft sich das Haus, indem sie dort nicht mehr verkehrt, er schafft es sich, indem er immer wieder dahin zurückkehrt.

Im Tod gleitet die Seele, ein verknäuelter geisthafter Follikel, nicht vom Bett auf den Boden, sondern hebt sich aus dem Körper zur Decke empor und lockert und entknotet von dort aus die letzten Bande, die sie noch an den Körper binden und ihr den Weg verwehren. Gewöhnlich hört man nicht, wie es da in den Nähten kracht und im Geflecht reißt, aber das ungewöhnliche Geschiebe zwischen Decke und Boden ist nicht zu überhören. Die von Natur aus Unsichtbare verbirgt sich nicht gern, im Gegenteil, sie möchte sich zeigen, möchte sich in diesen Umständen offenbaren, auf sich aufmerksam machen. Wer nach der Zimmerdecke schaut, sieht, wie die Spinnweben sich bewegen und manchmal zu zittern beginnen, und es kommt vor, daß daraus auch der Staub, der sich da angesammelt hat, zu Boden rieselt. Von dort unter der Decke muß die Seele erst einen Weg nach draußen finden. Schon im Körper ist die Seele kein Knäuel, das an irgendeinem Organ festhinge, sondern ein feines, zartes, geistiges Gespinst mit glatter, heller Oberfläche, das sich von einem Ort zum anderen ausdehnt.

Die helle Oberfläche wird dunkler, und was glatt ist, verzerrt sich, wenn die Seele erkrankt. Seelische Erkrankungen gibt es in diesen Gegenden massenhaft; weil es den Seelen nicht ermöglicht wird, Seelen zu sein; weil sie nicht so angenommen werden, wie sie sind, sondern ins Fremde verkehrt werden. Massenhaft, epidemisch werden die Menschen an der Seele krank, weil sie sie nicht schätzen. Weil sie sich ihrer schämen, sie verbergen und verschmähen, sie verändern und verdrehen, zerstückeln sie sie und passen sie den Moden an. Vergewaltigte und verunstaltete Seelen sind eine Besonderheit unserer Gegend. Natürlich wehrt sich eine zurückgewiesene, verworfene Seele, weil sie um den guten Namen gebracht wurde, um ihre Natur, und weil man sie ins Böse verkehrt hat. Die Seele spürt, wann und wo sie unerwünscht ist, sie reagiert darauf, so eine Seele wird haarig oder borstig, wobei sich die haarige Seele nur durch ihre Robustheit von der borstigen unterscheidet und nur um ein Garnbüschel weicher ist als diese. Geistige Verwirrungen, Wahnvorstellungen, sind Produkte kranker Seelen.

Während eine glatte, helle Seele einträchtig, harmonisch im Körper wirkt, fegt und bürstet die haarige Seele umher, was dem Menschen schlecht bekommt. Es kitzelt ihn nicht auf der Haut, es brennt ihm unter der Haut, juckt ihn tief in den Knochen, sodaß er auf das Jucken nur mit Unwillen, Grobheit, Bösartigkeit, mit Wahnsinn antwortet. Manchmal wird auch eine gesunde, glatte Seele für kurze Zeit haarig, und auch einer solchen Seele verhärten sich zwischendurch die Härchen, ziemlich bald jedoch fällt sie in den ursprünglichen Zustand zurück. Sie ist Seele und verändert sich im Grunde nicht. Der Körper wächst aus und ermattet, die Seele wächst nicht und schwindet nicht, entwickelt sich nicht, die Seele altert nicht.

Verletzt jemand die Seele, schmerzt auch der Leib, umgekehrt aber bleibt die Seele von den körperlichen Schmerzen verschont. Der Körper nimmt sie auf sich und gibt sie nicht weiter. Nicht anders ist es, wenn der Sterbende auf dem Boden liegt, unter freiem Himmel, nachdem er mitten auf einem Spaziergang die Kräfte verloren hat, oder wenn er auf dem Anger wegen des holprigen Bodens stolpert und den Stock verliert. Dann schlüpft die Seele aus dem Körper, verschwindet aber nicht im Boden, sondern beginnt nach der Farbe des Himmels zu tappen, bleich und verwirrt, weil sie noch nie Farbe gesehen hat, verängstigt, weil sich riesige, unermeßliche, nach allen Richtungen offene Weiten vor ihr erstrecken, Unruhe und Zweifel weckend, wohin sie sich wenden, in welche Richtung sie sich bewegen soll, um sich von der Erde zu lösen. Gleichgültig, ob der Sterbende auf dem Bauch oder auf dem Rücken liegt, der Auftrieb der Seele bewirkt es, daß sie sich nicht aus dem Körper herausquälen muß. Sobald sie dem Leichnam entschlüpft ist, sucht sie Halt an etwas Festem, Greifbarem, von wo sie sich würdig vom Körper verabschieden und ihm für Wohnstatt und Bedienung danken möchte, ihn um Vergebung für die Verletzungen und Kränkungen bitten möchte, und welch ein Glück, wenn dann ein Baum oder die Vorderseite eines Gebäudes in der Nähe ist. Gleichzeitig vermischen sich die Zeiten, egal, welche Jahreszeit es ist, in der Todesstunde ist es im Frühling Herbst, im Winter Sommer, im Herbst Frühling und im Sommer Winter.

Der Mensch stirbt, wenn er alle geistigen und seelischen Mittel aufzehrt, die körperlichen Fähigkeiten bis zum Ende aussaugt, bis sie aufhören, sich zu erneuern. Rasch wirft es ihn nieder, sobald die Vorräte ausgehen und er alles Flüssige ausgeschlürft und alle Energien verbraucht hat, alle Werte ausgeschöpft und allen Übeltaten, Spitzbübereien, Bosheiten und Niederträchtigkeiten einen Platz eingeräumt hat, sich in der Bösartigkeit ausgelebt, Schandtaten angehäuft, raffinierte Verbrechen vertuscht, Konkurrenten angeschwärzt und in Verruf gebracht hat, bis sein halbschlechter, halbguter Leumund auch im letzten Dorf angekommen ist. Schlimm ergeht es jenen, die es ihr Lebtag nicht geschafft haben, Schaden genug anzurichten und Untaten genug anzusammeln, oder die das Übel nicht rasch genug anhäufen konnten und sich dann grämen, zu wenig gewalttätig und böse gewesen zu sein. Die Erbosten, die mit der säuerlichen

Miene, die Bärbeißigen, verlassen die Welt angefressen und mit Zorn im Arsch. Gern hätten sie eine Untat durch eine noch größere verstärkt, gern hätten sie Liederlichkeit und Verderbtheit noch vermehrt, gern den Verbrechen noch ein unübertreffbares Verbrechen hinzugefügt, eine extreme, exzessive Gräueltat, und da zieht ihnen die Magd Gottes mitten in den Vorbereitungen erbarmungslos den Boden unter den Füßen weg.

Wer maßvoll aus dem Vorrat seines Körpers und seiner Seele schöpft, seine Wünsche, Ansprüche und Leidenschaften zügelt, ohne dabei den natürlichen Genüssen des Lebens zu entsagen, wer seine Fähigkeiten langsam einsetzt, seine Begabungen überlegt verteilt, macht das bis ins hohe Alter, weil er die ihm zugemessene Zeit nur in die Breite ausdehnt. Wer schnell, üppig, verschwenderisch und ausschweifend lebt, hat kein langes Leben, kann es gar nicht haben, weil er die Talente früh verbraucht und die Bestände vergeudet hat; es gibt nichts mehr in der Vorratskammer, leer sind die Töpfe, woher nehmen, wenn nichts mehr zu holen ist. Sein Leben verkrampft und verknäult sich immer mehr, bis es schließlich ganz austrocknet. Wenn der Fuhrmann dem Pferd die Trense und die Zügel abnimmt, bleibt es in Ruhe stehen und frißt den Hafer aus der Futterkrippe oder aus dem Sack, der ihm am Hals hängt. Anders ist es, wenn ein Mensch Zügel und Trense abwirft: Ihm kann man nichts an den Kopf binden, er bleibt nicht ruhig stehen und beißt weder Fingernägel noch Wörter, er tritt und trampelt in seiner Bösartigkeit und Verderbtheit alles nieder und vergeudet, was noch da ist, bevor er sich endlich auf die Socken macht.

Jetzt, nach der gewonnenen Schlacht, die er überlebt hat, und nachdem es sich entschieden hat, daß er auf die Welt kommen wird: Wohin soll er sich stellen, ängstlich und furchtsam, ein Wesen, das Nichtigkeit ausstrahlt, noch außerhalb von Gnade und Verdammung, außerhalb jeder Erhörung und Verschwörung, wo soll er sich finden und zu einem Ganzen werden? Der Weg ins Leben windet sich nolens volens an der Reihe der Toten vorbei, an die er gekettet ist. In was für eine feindliche, todbringende Welt wurde er hineingestellt! Schon seine Empfängnis, dieses freudenreiche Hin und Her, war begleitet vom Gruppentod winziger Mitkämpfer. Noch nicht menschgeworden, noch nicht einmal menschenähnlich, kaum ein Schleimtropfen, an Geburt noch gar nicht zu denken, hatte er keine Sonne noch und noch keine einzige Blume gesehen, schon ist er ein lebender Zeuge des Wetteifers kleiner Leichname, die auf dem Kampfplatz ermattet liegen geblieben sind, schon verschlägt es ihn auf das Schlachtfeld, das übersät ist mit Toten. Die Leichname sind nicht die Einzigen, sind nicht allein, werden unter sich nicht allein bleiben. Die Leichname sind seine Morgengabe, sein Geschenk für den Anfang. Früh hat er Einblick bekommen ins Zukünftige, wenn alle gleich sein werden und wo sich Alt und Jung versammeln wird. Geboren und zum Leiden fähig, werden sie den Ungeborenen, von Leid Verschonten, gleichgestellt, alle mit demselben Schicksal: die einen, die nie anfingen zu leben, die anderen, die gelebt haben, ohne zu leben. Die einen endeten in der Schmiere, die anderen in der Marter.

Im Reich der Toten überholt das Vergangene das Kommende, und das Kommende vergeht vor dem Gegenwärtigen; im Reich der Toten sind die vergangenen Zeiten wie die gegenwärtigen und die gegenwärtigen wie die vergangenen. Feuer und Wasser, die sich verbunden und Waffenstillstand geschlossen haben. Feuer, adoptiert vom Wasser, und Wasser, adoptiert vom Feuer. Sie ahnen es nicht, wissen es noch nicht, weil sie der Todeskrampf trennt, daß sie miteinander verbunden sind; die einen als Nachfolger der anderen und die anderen als Vorgänger der einen, die gern ihre Todesschreie miteinander tauschen würden, es aber nicht können, beide der Wißbegier auf der Spur, neugierig, wie andere sterben und welchen Preis der Tod woanders hat. Die Toten werden zu Brücken, über die er gehen wird, auf denen er haltmachen und in die Tiefe starren wird, von Ufer zu Ufer wechseln wird, sich in etwas über alle Wunder Schönes verschauen wird, dann und wann, das Geländer umklammernd, den Blick starr zum Himmel richten wird, der sich am Boden des Wassers festgeklebt hat.

Seine Toten sind Passierscheine zur Überquerung von Brücken, zum Schweben über den Abgründen, sind Eintrittskarten für das Flanieren über schmale Stege und gepflasterte Promenaden, notwendig für den Übertritt vom Schatten in die Helligkeit. Sie sind der Übergang in der Mauer, die Tür, ohne welche die Mauer nur eine Mauer wäre, für ihn keine Hilfe beim

Überbrücken. Zu seinen Toten ist er nachsichtig, er drängt sie nicht, er behelligt sie nicht, er macht ihnen Zugeständnisse, vor ihm sind sie frei. Sie pflegt ihre Toten vorbildlich, sie sind ihr nahe, weil sie auch ihr nahe waren, als sie gelebt haben. Erfindungsreich gelangt sie in Berührung mit ihnen und betreut sie, die unendlich weit von ihr entfernt sind, versorgt sie in ihrer Vorläufigkeit. Sie verzögert und festigt die Vorläufigkeit, absichtlich zögert sie sie hinaus und weiß, daß sie eines Tages, eines Jahrzehnts oder einer Generation zum Keinerlei, zur Nichtigkeit werden wird. Die Ewigkeit ist keine zeitliche Bestimmung, sondern ein Ort, wo sich die Toten vorübergehend aufhalten, bis sie in der Nichtigkeit verschwinden. Er hält sich in respektvollem Abstand zu seinen Toten. Sie sind etwas abgerückt von ihm, aber sie bilden einen unentbehrlichen Teil seiner Geschichte. Er ließ zu, daß fremder Wille sie ihm entzogen hat, auch er selbst aus einem Holz, das im Abseits aufwuchs und dort seine Wurzeln getrieben hat. Damals hätte er sich nicht gedacht, daß ihm vor lauter natürlichen Wundern und Lebensfreude schwindlig werden könnte. Er mußte darauf warten, aber dann geschahen ihm die Wunder mit verdoppelter Kraft. Die Schwindelsucht bemächtigte sich seiner, als er sich ihnen überließ, sich der jugendlichen Anmut und Lebenslust hingab. Der Schwindel, der ihm ein bisher unbekanntes Lebensgefühl zutrug, weckte das Verlangen nach Leben.

Vom Drehen im Kopf verwirrte sich die Zunge, verweigerte sich die Stimme, geriet der Atem ins Stocken. Die Geburt der Schönheit war eine Sache der Augen, alle anderen Sinnesorgane traten zurück und überließen den Augen den Vortritt. Erst als die Augen das Ihre getan hatten, hörten die Ohren, roch die Nase und begehrten die Finger auf. Die Schönheit, verkörpert in einem Lebewesen, gehüllt in verlockende Rundungen, die Schönheit über alle Schönheiten war der Bereich des Schauens und Sehens, die Schau, die sich wie eine Erscheinung vor dem Menschen entwirft, sich in der Atmosphäre bricht und spiegelt. Der Mensch zuckt nicht mit der Wimper, er wagt es nicht, aus Angst, der Wimpernschlag könnte das Wunder verlöschen. Es war die Zeit des Schauens, noch nicht die Zeit des Handelns. Nur ein kleiner Steig oder zwei sind es dann noch, nur eine kleine, verrückte Wegkreuzung, und die Leidenschaften peitschen sich auf.

Die Schönheit, für die er entbrannte, traf ihn unvorbereitet, völlig überraschend, am Abend zuvor nicht einmal ein Schatten von ihr und noch alles ein graues Einerlei, doch wie er ein paar Schritte in den neuen Tag macht, ist alles grell und bunt, schön und geheimnisvoll. Der Schleier fiel von den Augen, der schwere Vorhang hob sich und gab die Aussicht frei auf Großes. Nur der Seele wurde es eng, weil sie sich, großer Dinge ungewohnt, im Geknäuel des Körpers verkeilte. Es stupfte, als ginge man barfuß über ein Roggenstoppelfeld. Jetzt war nichts zu schlimm, nichts zu schwer, nichts zu hart, nichts zu weit. Es war die Zeit, als er lange Wege auf sich nahm, um dann von Weitem, hinter einem Busch verborgen, das Haus zu beobachten, und es ihm schon leichter wurde, wenn das Mädchen über den Hofplatz ging. Oder als er nach der Auserwählten spähte, auf der Lauer nach der Beute in regelmäßigen Abständen auf offener Straße am Haus vorbeiging und seinen starken Willen auf sie richtete, um sie ins Freie zu ziehen, und nur noch wenig gefehlt hatte, schon wäre sie auf der Schwelle erschienen. Geduld soll Eisen brechen, aber der Wille erwies sich letztlich als zu schwach. Was die Geduld versprach, erfüllte sich nicht, verkehrte sich ins Gegenteil. Seine Ungeduld durchbrach nicht einmal das Zauntürchen aus Binsengeflecht, seine Geduldigkeit durchschlug auch nicht die Holztür, schon gar nicht das versprochene Eisentor. Durchwartete Zeiten, Zeiten des Wartens, Einübungen in die Geduldigkeit, in der er sich bis zum Überdruß am Duldaus satt aß! Damals war er noch mit dem Wenigen, mit dem Bescheidenen zufrieden. Das Mädchen war nicht die Auserwählte, wie könnte sie es auch sein! Noch weniger war sie die Ausgewählte, denn aussuchen konnte er sie nicht, sondern es war jene, die auftauchte, die aus einem Moment erschien, plötzlich von irgendwoher gekommen war und unglücklich glücklich weder wußte noch ahnte, daß jemand hinter ihr her sei und sie in seiner Verschossenheit belauerte, oder sie wußte von ihm und fand auch keinen Ausweg aus ihrer Enge. Kurz, Geschenk des Tages und Draufgabe, Zugabe eines glücklichen Zufalls war sie, die ihm widerfahren war.

Es zeigte sich, daß gerade das Internat eine Schule des Augenöffnens war, eine Lehranstalt des Schauens. Die Augen, bisher auf Bewahrung der körperlichen Gesundheit bedacht, geschult und verantwortlich dafür, daß er im Wald nicht strauchelte und sich auf den

Waldwegen keine blutigen Knie und aufgeschlagenen Ellbogen holte, und daß die Übergeordneten von Scherereien und Belästigungen verschont blieben, diese Augen mußten erst schauen und sehen lernen. Das Schülerheim, getrieben von dem Bestreben, die letzte Frische aus den Zöglingen herauszupressen, eröffnete den Augen eine neue Welt, ohne es zu wollen, trotz des ausgesprochenen Bemühens, nicht nach rechts und nicht nach links zu schauen. Das Internat, der Vergötterungsort der Einäugigen, auf einem Auge Blinden, dieser unbeabsichtigte Erweckungsort der Halbblinden und Augenkneifer, beförderte in aller Unschuld, wozu sich sonst die Straße verpflichtet oder verpflichtet gesehen hätte. An ihrer Stelle legte es fest, wie man zu leben habe, und zwang ihnen die Regeln und Verbote auf. Die Internatlinge, alle nun offenen Auges auf den Kurs gebracht, fanden sich dort, welch Wunder, nur schwer zurecht. Zu lange hatten sie sich in dem Irrtum gewähnt, daß für sie gesorgt sei. Zu lange waren sie einer selbstgerechten Gesellschaft ausgesetzt gewesen, die sie mit leeren Versprechungen verwirrte.

Niemand weiß, wessen Vorsehung es war, eine höhere göttliche oder eine schalkhafte, erdhaft irdische, die in die Nähe des Heims, dem Internat vor die Nase, ein Haus voller Mädchen setzen ließ, etwas versteckt unten am Hügel, doch knapp neben dem Wanderweg aus dem Tal, auf dem die Schüler von den Ferien zurückkamen. Bergab wurde man geschoben, der holprige, zerwühlte Steig verlangte alle Aufmerksamkeit der Augen, niemand wollte hier unter dem Gespött der Kameraden hinfallen, und bergauf kam die Schinderei, dafür aber hatten die Augen genug zu schauen. Von oben kommend, auf dem Weg in die Ferien, war nur das Dach zu sehen, neben dem sie rasch hinabstiegen; das Mauerwerk des Gebäudes kam nicht in den Blick, höchstens daß die Augen der Vorübereilenden es kurz streiften. Umgekehrt beim Aufstieg über den Steig. Schon von weit unten waren die Mauern des Gebäudes, die Fenster und Türen sichtbar. Auf der ebenen Fläche vor dem Haus waren manchmal aus der Entfernung menschliche Stimmen zu hören, deren Helligkeit und mädchenhafte Munterkeit den Schritt zum Innehalten zwangen. Je näher sie dem Haus kamen, umso bleierner wurden die Beine. Sie schmiegten sich daran vorbei und hofften, es würde sich, wenn schon keine Reifere, wenigstens eine Jüngere auf der Türschwelle zeigen, und mochte es zu ihrem Schaden auch die Dürre sein. Denn sie hatten monatelang kein Mädchen gesehen, und so war jede Einzelne für sie eine exotische Erscheinung. Die mutigen höheren Jahrgänge stellten ihr Gepäck ab und rasteten just in gut sichtbarer Entfernung. Des Scheins halber wischten sie sich den Schweiß von der Stirn, auch dann, wenn da keiner war, und es wäre eine Stillung zweier Bedürfnisse und ein doppelter Trost gewesen, was heißt Trost, die Freude eines kleinen Himmels wäre über so manchen gekommen, wenn solch ein buntes Röckchen ein Glas Wasser aus dem Hause gebracht hätte und den nach Mädchenfarben Dürstenden, mit den Jahren immer mehr nach Farben Süchtigen, ein wenig Buntheit in die grauschwarze Glätte gemischt, ihre Manieren herausgefordert und ihre Anpassung ans Heim durcheinandergebracht hätte.

Seine frühe Verliebtheit fiel mit seinem Verbergen von allem scheinbar oder offensichtlich Heiklen, auf sich selbst Bezogenen zusammen, ereignete sich in der Zeit der gesellschaftlich angepaßten Heimlichtuerei. Die Verheimlichung des Großen und Wichtigen ging über in die Verheimlichung auch des Kleinen und Unwichtigen. Auch in seiner Welt orientierten sich Jung und Alt an dem, was sie selbst sahen, und nicht danach, was sie an schönen Lehren hörten. Sie lebten nach dem Prinzip: Verbirg und zeig nicht, verstelle dich, schieß aus dem Hinterhalt und gaben es als Anregung an die Nachkommen weiter. Die Anregung blieb an ihm haften, von überall lächelte sie ihn durchtrieben an. Der Vater schlich für ein paar Schluck Schnaps heimlich in die Speisekammer; die Hausfrau wickelte ihren echten Enkeln heimlich eine bessere Jause ein, den Zuzüglern nur Brot und einen Apfel; Tanten und Onkel schoben ihren Lieblingen und Zärtlingen ab und zu heimlich eine Münze in den Ärmel. In der Kirche duckten sich die Männer unter der Empore und machten zu dem, was sie von vorne hörten, die Feige in der Hosentasche. Sogar die Zeit versteckte sich zuzeiten vor sich selbst: Der Sonntag verkleidete sich zum verlängerten Samstag oder nötigenfalls zum vorgeschobenen Montag, Heiligkeit des Tages auf oder ab, wenn bei Schönwetter das Heu unters Dach, die Ernte ins Trockene gebracht werden mußte. Und wenn er ein Buch in die Hand nahm, mußte er es verstecken, denn für überflüssige Dinge vergeudet man keine Zeit und verjuxt nicht das Geld. Es war anstößig, sich an Arbeitstagen auf dem Hofplatz mit einem Buch zu zeigen. In diesen Jahren, wenn im Menschen alles gärt, wollte er durch

Originalität auffallen, aber er rief Entrüstung hervor, und die Dörfler trieben ihm die Sucht nach dem Neuen schnell aus dem Kopf, jagten das Neue aus dem Dorf, tauschten die Originalität gegen die Nachahmung des Bestehenden, für alle Zeit Gültigen. Die im Kopf Beweglichen gingen werktags ins Klo lesen, sonntags an einen einsamen Ort, auf den nächsten Hügel. Ein wackliger Kasten stand auf dem Dachboden seines Elternhauses, in seinen Laden verstaubten alte Bücher, erstickten unter Spinnweben. Weder der Kasten noch die Bücher überlebten, als eines Frühjahrs der Dachboden aufgeräumt wurde.

Sie waren durstig, des Versteckens überdrüssig, hatten das Verstellen satt. Mehr als nach Wasser hatten sie Durst nach menschlichem Kontakt und Sinnlichkeit, waren durstig nach anderen und anderem, bedürftig nach menschlicher Nähe und Aufmerksamkeit. Aber die Schmiede des Glücks hatten noch Macht über sie, andere von anderer Sorte verteilten Glück auf Raten, bemaßen und verordneten es nach ihrer Elle. Doch die Augen kamen zum Glück selbst auf den Geschmack und zur Vernunft, ihr Gesichtsfeld hatte sich erweitert, der Horizont vertieft. Sehnsucht hatte sich mit dem Weh verbrüdert, Glückseligkeit mit Schmerz, Freude mit Verzweiflung, Liebeslust hatte sich angesammelt, sich entfacht, hatte nachgelassen, war wieder erloschen. Der Reihe nach wurden die Dinge wacklig. In jedem Einzelnen begann sich früher oder später die Liebe zu entfalten, keine Naturgewalt konnte sie zum Stillstand bringen. Unterwegs, allein und heimlich, machten sie dann voll, was in der Lebhaftigkeit geselliger Begegnungen oder intimer Zweisamkeit empfangen worden war. Tatkräftig deckten sie ab, was bei Stillstand verhärtet und abgestorben wäre. Es boten sich Gelegenheiten, zum Kosten, zum Erproben von Gerüchen, Geschmäckern und Berührungen, wobei Zufälle den Anfängern beisprangen. Gelegen kamen ihnen Wallfahrtsgänge, Bergtouren, Begegnungen und Treffen, der spontane Lauf über Stock und Stein. Ein Glück für ihn, wenn sich seine Liebe dabei den Knöchel verstauchte oder sich das Knie aufschlug, es ermöglichte ihm eine besonders kostbare Nähe. Mit der Zeit fanden sich die Lieben, flossen in einer zusammen, vereinigten sich zu einer Welle. Die Taglöhnerin beim Heuen im Heujahr, die Mädchen vom Internatshügel, die Langwangige, seine Erbsünde, wurden zu einer Einzigen.

Welche Lebensfreude, was für eine Lust am Leben! Im Rückstand, er möchte das Versäumte nachholen, Hunger nach Leben nagt, daß sich die Seele in ihm windet. Die halbe Nacht lang herzt er mit dem Mädchen, und als sie am Morgen in die Küche treten, bemerken die am Tisch Versammelten die Veränderung nicht. Er liebkost ihre Glieder, erweckt, was noch im Knospen ist, streichelt ihre Rundungen und Erhebungen, die anderen um den Tisch aber tun, als hätte sich an den beiden nichts verändert. Für einen gewöhnlichen Menschen ist an ihnen alles wie immer. In ihren Augen ist den beiden nicht anzusehen, daß sie diese Welt außer Acht gelassen haben, weil sie ihnen nichts mehr bedeutet, weil sie beide sich im neunten Himmel fühlen, hinter dem neunten Berg, wo alles anders gemessen und gezählt wird, wo man anders geht und anders schläft und wacht. Er entrichtete die Morgengabe für die spätere Frau, naschte an ihrer Anmut, kostete von den Geschenken ihres Gesichts, hegte und pflegte ihre Spalte, und wie lenksam und leicht sein Adam im Süßesten, im unentdeckten Geheimen weilte. Viel war geschehen, für diesen Augenblick hatte er es auf sich genommen, viel Äußeres hatte sich in Inneres gekehrt, viel Sichtbares in Unsichtbares. Die Nacht verging im Nu, wie ein Wink, wie ein Abdrehen des Lichts. Die am Tisch sehen nichts, er ist der Einzige, der erkennt, daß sie am Morgen nicht die ist, die sie am Abend war, und auch sie, als sie einander in der Tür zuzwinkern, liest von seinem Körper ab, daß von ihm eine Spur weniger da ist. Er hat sich verausgabt, aber es wird nicht lang dauern, und von ihm wird wieder so viel da sein wie immer, und noch mehr, wenn er an die nächste Verabredung denkt. Beide sind sich bewußt, nur sie allein wissen, wie sehr ihnen die Nacht anzusehen ist. Die Geliebte vor der Nacht gleicht nicht der Geliebten nach der Nacht. Es ähnelt die Geliebte, wenn die Abendröte flimmert und es auf Mitternacht zugeht, kaum noch der Geliebten, wenn der Morgen den Tag einläutet.

Sie haben sich gewandelt, wie sich das Gestein seines Felsens in den Tiefenschichten der Erdrinde gewandelt hat, sodaß sein Gipfel in die Kindheit auf seiner Wiese emporwuchs und ausgerechnet dort sein Kegel aus der Erde herausschaut. Heute verrenkt man sich die Beine nicht, ausgerenkte und verbundene Knie sind Vergangenheit. Heute bricht man sich die Knochen nicht in jugendlichen Freudensprüngen, aus Liebe, sondern weil sie porös sind. Heutzutage nimmt sie sich dazwischen Pausen und begibt sich in den Lärm, um sich von der Stille zu erholen. Aus den Fingernägeln aber blitzt es eher selten, weil das bißchen Feuer, das noch geblieben ist, woanders gebraucht wird.

Es bedurfte des moosbewachsenen Steins, seiner Härte, seiner Botschaften aus der Erdvergangenheit, daß er seinen Zorn loswurde und sich beruhigte. Der Stein, bereits in den Kinderjahren eine Festung, wartete auf ihn bis in die späten Jahre, er veränderte sich nicht, alterte nicht. Und er kommt ihm nicht bei, geschweige denn an seinen Anfang. Nichts Menschliches war an dem Stein, nichts Fehlbares und Niedriges, keine Gemeinheit und keine Boshaftigkeit, keinerlei Verlogenheit und Verrücktheit. Ganz steinhaft glomm es in ihm und zog Energie aus dem Erdinneren. Als der Vater begraben wurde, flüchtete er auf den Berg und übertrug den Begräbnisritus vom Ort der lauten, salbungsvollen Worte auf die Anhöhe, die ihm die Aussöhnung mit dem Vater ermöglichte. Indem er sich von ihm entfernte, näherte er sich ihm; indem er den Ritus unterbrach, hob er ihn empor und erhöhte ihn.

Vor ihm der unten im grünen Dickicht verborgene Steinhaufen, ein Anblick, der ihn immer wieder schmerzt. Zum Glück pocht es nur kurz und abklingend im Körper, der Schmerz rauscht auf und schlägt dann sogleich in Behaglichkeit um, in das Gefühl von etwas, das nahe am Glück ist. Beide Türen, die Haustür und die Tür zur Rauchküche, kreischen manchmal auf, vom Stall herauf riecht es, von der Tenne herab streicht Pilzgestank. Die Wiese von früher, der immer wieder überquerte und zertretene Hofplatz, die schweißgetränkten Ackerflächen haben ausgedient und sind verschwunden. Das alte Gewächs wurde abgestreift und gut gedüngt das neue, ursprüngliche, das eigene gedüngt; auf diesen Flächen ist kein Werkzeug mehr zu hören. Er muß die Augen schließen, um zu sehen, wie die Mutter mit ihm an der Hand zum Nachbarn taglöhnern geht, nur der Schleier zweier Schatten zieht über den Hang. Ein frühwinterlicher Lufthauch driftet entlang der Felsen ins Rauschen des Baches unten, sein sprühender Luftstoß streift auch die spätherbstliche Wiese; ein wenig noch, und er wird auch seinen Stein befeuchten, aber dann wird er bereits unten im Tal sein. Zwischen dem Gesträuch riecht es einen Moment lang nach gemähtem Gras, doch als er den Geruch in die Länge strecken und anhalten möchte, während er ihn langsam durch die Nasenlöcher zieht und an den Nasenwänden verweilen läßt, ist es nicht Gras, sondern Grummet, das Heu der zweiten Mahd, dessen trockener Duft zwischen den Härchen hängen bleibt, aber auch dieser hält sich nicht lang. Die Schwäche des Augenblicks liegt darin, daß er im Nu vergeht und nicht aufgehalten werden kann.

Seine ersten zwei Frauen, die Mutter und die Großmutter, waren die letzten, mit denen er gelebt hatte, als das Haus noch stand. Sie hatten es vorausgesehen und daher rechtzeitig mit der Knochenfrau angeknüpft und ihr den Weg aus dem Tal beschrieben, damit sie nicht vergebens umherirren und Zeit verlieren müßte, wenn sie sie rufen würden. Die schwarz gekleidete Knochenfrau, eingemummt in etwas, das kein Gewand war, machte sich auf den Weg. Das Flechtwerk schlenkerte um ihre Beine; wer nahe an ihr vorbeiging und nur ein wenig aufmerksamer auf ihr Tik-Tak gewesen wäre, hätte ein leicht schlotterndes Rauschen unter dem Gewebe hören können. In dieser bis zur Schädeldecke reichenden Verkleidung segelte sie durch den Markt, das Gewand leicht über den Boden schleifend, eher unhörbar als raschelnd, so wischte sie über das Pflaster dahin. In der Steigung hob sie die Füße nicht wie geübte Bergsteiger, und in der Klamm stieg sie nicht auf in der Haltung einer Kletterin, sondern rutschte empor, glitt über die Steigung hinauf, ohne sich am Terrain festzuhalten. Je näher sie ihrem Zielhaus kam, desto mehr Hüllen warf sie ab. Am Ende der Klamm oben war sie alles losgeworden, im letzten Stück des Weges eine ebene Stelle, dort, bereits bis zu den Knochen aufgelöst, verbarg sie die Nacktheit nicht mehr. Auf den letzten Metern verlangsamte sie den Schritt, aber nicht, weil der steile Berg sie ermüdet und außer Atem gebracht hätte, sondern um, hochbeinig und mager, teils aus Dünkel, teils aus Anteilnahme, dem Menschen zuzulächeln, der sich den Schweiß von den Wangen wischt, wenn er nach Atem ringend oben am Hang ankommt und sein heftiges Atmen in ein von Hustenanfällen unterbrochenes Luftschnappen übergeht. In der Tat, ein bißchen Schadenfreude gönnte sie sich, selbst in der Zugluft stehend, sie selber ein einziger Luftzug und außerhalb des Schweißes; ein wenig Gnade schien ihr angebracht, ihr, die den zwei Frauen, die bald keine Nahrung mehr benötigen werden, mit der Spreu auch den Weizen ausschütteln sollte. An der Schwelle versicherte sie sich, daß es das richtige Haus war, und trat ein, wo die Frauen schon warteten. Sie verschwisterten sich mit ihr, denn sie ahnten, daß sie einige Zeit bei ihnen im Haus verbringen würde, eng mit ihr zusammen, daher besser, mit ihr befreundet zu sein als verfeindet. Schwerlich wird sie allein kommen, um ihnen die Eisen herunterzunehmen, denn in ihren Ebenen braucht es keine beschlagenen Sohlen; Eisen sind nur für die Berge, für glatte Flächen und Steilhänge. Sie kommt nicht ins Rutschen, gleitet nicht mehr aus, sie ist abgehärtet in den Beinen, befugt und befähigt, auch anderen diese Begünstigungen zu verschaffen. Kommen wird sie mit Gefolge und Folterwerkzeugen. Eine Zeitlang zankten sie sich hin und her, und es fehlte nicht viel, und sie wären sich in die Haare geraten. Sie schonten einander nicht, vergaßen sich, zerrissen sich den Mund übereinander und setzten einander arg zu! Am Ende schlossen alle drei Frieden miteinander. Nachdem sie sich auf die Reihenfolge geeinigt hatten, trennten sie sich und gingen ihrer Wege.

Die Geschichte beginnt von vorne, aber nur im ersten Moment. Er wußte, daß es kein Ende und keinen Anfang gibt, keine Mitte, es gibt nur Bewegung, ein Kreisen um ein und dasselbe, ein Verbleiben im Kreislauf. Dieses Kleinwenige dreht sich um seine Achse, dieses Flachseichte, dieses durchgescheuerte Alltägliche. Die Ereignisse ordnen sich auf ihre Weise, vermischen sich, verwirbeln sich in Gefühl und Bewußtsein und ziehen sich wieder zurück, denn aus dem Hintergrund drängt bereits eine andere Erinnerung. Unten, wo das Haus war und jetzt Brennesseln stehen, Frauengezänk um die Reihenfolge, querüber auf dem Abhang der unbewegliche Stein, der ihm bestätigt, daß die Dinge sich im Kreis bewegen. Der Stein versucht ihm in seiner Regungslosigkeit begreiflich zu machen, daß auch er selbst nicht mehr als ein Teil des Kreisens ist. Mit der Hand gleitet er über die trockenen Moosflecken auf dem Stein und spürt, wie er vergeht, wie Ende und Anfang in eins zusammenfließen. Es sind die immer gleichen Ereignisse, die ihn antreiben. Alles, was ihm etwas bedeutet, und alles, von dem es besser wäre, es bedeutete ihm nichts, setzt sich seit Urzeiten wieder und wieder fort. Nichts beginnt von Anfang an und nichts geht zu Ende, alles bleibt, alles ist und dauert und dreht sich im entzauberten Kreis. Es ist wahr, daß der Tag unwiederholbar neu ist, aber bereits morgen wird er Vergangenheit sein und gegen den gestrigen nicht im Vorteil. In nichts wird er sich von jenem urzeitlichen Tag unterscheiden, als die Erde seinen Stein aus der Wiese herausgepreßt hat. Er ist zum Ort der Kindheit zurückgekehrt, aber es war kein Anfang, kein Ende, keine Mitte, sondern eine kaum erkennbare Markierung auf der Zeitlinie, eine Notiz nur, ein neuer Abdruck in diesem Kreisen, ein flüchtiger Kratzer.

Schon heute in der Nacht, wenn er sich im Bett zu ihr dreht, um sich an ihren noch immer geschmeidigen Körper zu klammern, wird er eine neue Spur in die Strömung ritzen, wird es ihn in den Wirbel zurückdrehen, an jenen, ihren verborgenen Wiesenrand, wo er ihren jungen Kopf zum ersten Mal zwischen seine Hände nahm und ihre Lippen an seinen Mund drückte. Selbst die Wiesen wiederholen sich und ähneln einander, auch sie hatte ihre Wiese gehabt. An den Sonntagen davor geriet er in den Sog ihrer Unschuld, ihrer Faszination, ihrer Schönheit und ihres Liebreizes. Er schmeichelte und schwänzelte so lange um sie herum, bis sich am Rand der abschüssigen Wiese die Gelegenheit bot. Von der Messe auf dem Hügel begleitete er sie nach Hause, an jenem weißen Sonntag, und wartete, bis sie allein waren; dem Bruder lag nichts daran, dazustehen, zu warten und sich die Rührmilch eines Fremden anzuhören. Der Bruder ist ein Naschmaul, aber die Worte, die dieser Fremde seiner Schwester ins Ohr raspelt, sind ihm zu süß und stoßen ihm auf. Jetzt, zu zweit und allein, beschloß er, sie zu berühren, mochte kommen, was wolle. Er muß wissen, wie sich ihr Körper anfühlt und wie ihm ihre Seele bekommt, bevor er abreist. Ein Zittern lief über seinen Körper. Gleich nachdem er über ihren Mund hergefallen war, rannte er hinab und weg von dort, in der Ungewißheit, ob sein Kuß an Ort und Stelle bleiben und nicht hinter ihm her über den Wiesenhang kollern würde. Er reiste in die ferne Stadt ab, winkte der verängstigt am Wiesenrand Stehenden noch zu, aufbewahrt in seinem Körper, sicher in seiner Seele, aber vielleicht erschüttert in ihrer Welt. Erst heute im Bett wird er sie fragen, wie sehr er sie damals erschreckt und beunruhigt hat, und ob seine Verwegenheit sie überraschte, überrumpelte. Noch diese Nacht muß er wissen, ob sie ihm eine geschmiert hätte, wenn sie dazu gekommen wäre.

Nachwort

Beginnen wir am Schluss, mit dem Ende, denn das Buch, das wir soeben gelesen haben, fließt in den Anfang zurück. Vor uns haben wir, und das ist ganz offensichtlich, einen Text, der sich durch eine Reihe von Superlativen auszeichnet; es würde schon genügen, sie einfach nur aufzuzählen: Ohne den geringsten Zweifel oder Vorbehalt können wir feststellen, dass es sich hier um das schönste, sprachlich kräftigste und dichteste, größte literarische, lyrischste und bildhaft anschaulichste, bewegendste und zugleich zärtlichste Werk dieses Autors handelt.

Bereits dem Titel scheint beides gleichzeitig eingeschrieben zu sein, Vergangenheit und Gegenwart. Dürfen wir, müssen wir den Titel *Mirne duše* auf zweierlei Weise verstehen – stille Seelen oder seelenruhig? Haben die Verstorbenen endlich ihre verdiente Ruhe gefunden? Oder spricht jemand – gemäß dem *Wörterbuch der slowenischen Schriftsprache* (SSKJ) – »ohne Bedenken, ruhigen Gewissens« über die Vorfahren, die Liebe und das Schaffen? Der Titel ist nicht Ausgangspunkt, sondern Fluchtpunkt des Schreibens, denn der Autor weiß von sich, dass er ein Schriftsteller ist, »der sein ganzes Leben an ein und demselben einzigen Text schreibt« (S. 80).

Immer von Neuem, aber jedesmal mit einem neuen Verfahren und frischem Zugriff macht er sich an die ein und dieselben Themen und Motive. Er überschreibt sie, wie uns das Wörterbuch wieder bestätigt, »schreibt sie um, besser«. Er reinigt sie wie Erz oder Erdöl, so sind sie raffiniert im strengsten Sinn des Wortes: denkbar verfeinert. Solch eine verdichtete Reinschrift ist keinesfalls nur eine einfache Erneuerung oder eine verdichtete Zusammenfassung, sondern eine oder die Magistrale, die ohne Umschweife zu den Schauplätzen der gesteigerten Erinnerung und der genaueren Vergegenwärtigungen führt.

In den *Erkundungen nach dem Namen* (*Poizvedovanje za imenom*, Maribor 2013), der »Nachschrift« zur Neuausgabe des *Zöglings Tjaž* (2016), griff Florjan Lipuš auf den größeren gesellschaftlichen und historischen Rahmen aus. Er kehrte wieder zum Titelhelden seines ersten Romans *Zmote dijaka Tjaža* (1972) – *Der Zögling Tjaž* – zurück, der durch die aufgezwungene Ordnung so tief gehend unfähig zur Freiheit wird, dass er mit ihr, als er sie endlich gewonnen hat, nichts anzufangen weiß. Genauer: Die Freiheit zerbricht ihn, weil er sie nicht bewältigt, sie vernichtet ihn, weil er sich der Natur – seiner eigenen und jener, die ihn umgibt – endgültig und unrettbar entfremdet hat. Im Zeitschriftenvorabdruck des Romans wurde Tjaž daher sprechend Mrt genannt – sein Palindrom, der spätere Ich-Erzähler, heißt ebenso sprechend Trm*; erst durch die (Selbst-)Zerstörung des eigenen Spiegelbildes wurde er zum tatsächlichen und aktiven Autor seiner Lebensgeschichte. Die *Erkundungen* bleiben jedoch nicht bei Tjaž stehen, sondern werden auf seine ganze Generation ausgedehnt.

Von der halbvergangenen Zeit her spannt er einen straffen Bogen bis zur allerjüngsten Zeit und zeichnet ein groteskes (Selbst-)Bild der Kärntner Slowenen, der Selbstverfälschten und Selbstentstellten, zu allgemeiner Kenntlichkeit verzerrt, weil sie ohne Not und Bedarf ganz von selbst vor dem Gesslerhut auf die Knie gefallen sind. In seinem zweiten Roman, *Odstranitev moje vasi* (1983) – *Die Beseitigung meines Dorfes*, kann die Hauptfigur und Protagonistin, das »Dorf«, den neuen Tod kaum mehr erwarten, weil es sich von der Erinnerung an die Dorfbewohner, die in den Urnen aus den Konzentrationslagern des »Tausendjährigen Reiches« zurückgekehrt sind, nicht befreien kann. Unter ihnen war auch die Mutter von Lipuš; es ist ihr Name, dem seine Erkundung gewidmet ist, obwohl er das unmittelbar nicht zum Ausdruck bringen kann und will – das dunkle Zentrum der Erzählung ist der für alle Zeiten unaussprechliche Schmerz seiner noch immer offenen Wunde.

Der Band *Mirne duše* aber wird auf ganz konträre Weise durch die Aussagekraft bestimmt. Beißend und heiter, trübselig und zart, ausschweifend und zugespitzt werden körperliche Beschwerden und Hemmnisse ebenso in Worte gefasst wie der von Mal zu Mal beglückende und befeuernde Reiz des Schaffens. In der poetologischen Erzählung *Navodila za kričanje* (1973) – *Anleitungen zum Schreien* (veröffentlicht als Schlusstext der *Zgodbe o čuših – Tschuschengeschichten*) – durchleuchtet er eingehend den Raum, in dem das literarische Wort widerhallt, und umreißt mit scharfzüngiger Präzision die Grenze, den Damm der unerschütterlichen Verständnislosigkeit, über den die besonnene Rede nicht hinauskommt. Zu Tjaž' Vater ist der Erzähler hart und kantig; im Roman *Jalov pelin* (1985) – *Die Verweigerung der Wehmut* – stirbt der Vater des Erzählers gleich drei Mal, ohne dass jemand seinen dreifachen Tod außerhalb des rituellen und gebotenen Rahmens bedauern würde. Diesmal aber flechten und schmuggeln sich in die Erinnerung an die karge Jugend schonungsvollere Zwischentöne ein. Mit geschärftem, befriedendem Blick söhnt sich der Erzähler mit dem verstorbenen Vater aus. Neben den undurchdringlichen Schatten der endgültigen Abwesenheit kommt immer siegessicherer der unvergängliche Eros der Präsenz zur Geltung. Lina aus dem Roman *Boštjanov let* (2003) – *Boštjans Flug* – wird zu einer Muse von geradezu klassischer Ausprägung – bis auf einen fundamentalen, um nicht zu sagen, radikalen Unterschied: Weit entfernt von Unerreichbarkeit ist sie inzwischen eine schöne Zeit schon die Lebensgefährtin des Erzählers.

Florjan Lipuš besingt aber nicht nur die eheliche Liebe; er verneigt sich, ohne es zu erwähnen, auch vor seinen vier Kindern: durch den überlegten Einsatz der Ressourcen und durch die einfallsreiche Struktur vor dem Ökonomen Rado, durch die eindringliche, detaillierte Bildhaftigkeit vor dem Fotografen Marko, durch die melodiöse und rhythmisierte Sprache vor dem Tonkünstler Gabriel, durch die reiche Dichte seines Ausdrucks vor der Lyrikerin Cvetka.

Wie oft schon hat der Autor angekündigt, mit dem Schreiben aufzuhören. Glauben wir es ihm nicht, denn auch *Mirne duše – Seelenruhig* – ist kein Schwanengesang, sondern ein überaus geeigneter und handlicher Schlüsseltext zum Verständnis und zugleich eine Einladung zur neuerlichen Lektüre des Gesamtwerks, das nicht zuletzt wegen seiner unerschütterlichen, tiefen Carinthizität (und keineswegs trotz ihr) schon längst das ist, was einer seiner Übersetzer, Peter Handke, dazu kürzlich erst notiert hat: »Weltliteratur«.

Fabjan Hafner

In: Florjan Lipuš: Mirne duše. Maribor: Litera, 2015, S. 73–75

* Anm. d. Übers.: Der Name »Mrt« entspricht der slow. Wortwurzel »mrt«, z. B. in »mrtev« – »tot«; ebenso sprechend der Name »Trm«, der sich auf die slow. Wurzel »trm« bezieht, wie in »trma« – »Trotz, Eigensinn« .